ベリーズ文庫

冷酷な騎士団長が手放してくれません

朧月あき

STARTS
スターツ出版株式会社

目次

冷酷な騎士団長が手放してくれません

騎士団長と辺境伯令嬢

『ロイセン王国』の辺境に、『リルベ』と名付けられた地方がある。その領土一帯を治めるアンザム辺境伯の邸では、今朝もうら若い女の声が響いていた。

「リアム？　リアムはどこなの？」

朱色の絨毯《じゅうたん》を敷き詰めた廊下を行く彼女の名前は、ソフィア・ルイーズ・アンザム。父であるアンザム卿《きょう》は、〝獅子王《ししおう》〟の異名を持つ二代前の旧ロイセン王に信頼を置かれ、伯爵よりも格式高い辺境伯の称号を与えられたアンザム家の三代目当主にあたる。

三百余年の歴史を持つロイセン王国は、獅子王が長きにわたる国同士の諍《いさか》いに勝利してから今に至るまで、大陸一の栄華を誇っていた。その恩恵を受けたリルベも、発展の一途を辿《たど》っている。

「お嬢様、リアムは今訓練中です。お勉強がまだ残っていますから、お部屋にお戻りください」

隣でソフィアを引き留めているのは、侍女のアニータだった。ソフィアより八つ年上の彼女は、子供の頃からソフィアの世話役を任されている、半ば姉のような存在だ。

後頭部できっちりとまとめられた褐色の髪に、シワひとつない濃紺のメイド服は、彼女の几帳面《きちょうめん》さを物語っている。アニータは今日も今日とて、疲れた面持ちだ。

腰まで垂れた蜂蜜色の髪に、陶磁器のように白い肌、ぬくもりを閉じ込めたブラウンの瞳。今年で十七歳になるソフィアは、見目麗しい美女に成長した。奥ゆかしい雰囲気も手伝って、彼女をモデルにしたがる画家はあとを絶たないほどだ。

だが、実際ソフィアの性格は奥ゆかしさからはほど遠かった。語学にピアノ、テーブルマナーに詩の朗読。社交界で花開くために施される日々の教養に飽きると、後先考えずに逃げ出す癖があるのだ。彼女の性格が頑固なのも災いして、アニータはほとほと手を焼いている。

「大丈夫よ、アニータ。帰ったらすぐに残りのお勉強をするから、心配しないで」

「ですが、また馬で出かけるおつもりなのでしょう？　馬に乗るなど、男のすることです。アンザム家の令嬢たる方が、なさることではございません。このことが知れたら、婚約に差しさわりが出るかもしれないというのに……」

ソフィアはむっとした表情で足を止め、アニータを振り返る。裾に花模様の刺繍《ししゅう》があしらわれた深緑色のドレスが、宙に翻った。

「婚約なんて、まだしていないじゃない」

「ですが、お嬢様はもう十七歳ですし、そろそろそういうお話も……」

するとソフィアは、アニータの後ろに見える人影に気づき、少女のように無邪気に微笑んだ。

「それなら、自分で馬に乗らなければいいのでしょう？　では、リアムに乗せてもらうわ。ね、リアム？」

「かしこまりました、ソフィア様」

背後から聞こえた声に、アニータは肩をすくませる。振り向けば、いつの間にか廊下の壁に沿うように騎士団長のリアムが立っていた。癖がかった鳶色《とびいろ》の髪に、鋭いブルーの瞳、形のいい唇。金の刺繍が施された詰襟の黒い上着は、静かな威圧感を放つ二十一歳のこの青年に、恐ろしく似合っている。

ソフィアはリアムに近づくと、その腕を取った。

「では行きましょう、リアム」

「おおせのままに」

洗練された美術品のように整った顔を綻ばせ、リアムはソフィアに従う。

「ソフィア様っ、お待ちください……！」

アニータは慌ててソフィアを引き留めようとしたが、リアムの鋭い瞳に射抜かれ、言葉を詰まらせた。

まるで、ソフィアの意向に背く人間すべてを蹴散らさんばかりの冷たい眼光。リアムの眼力に脅えるのは、アニータだけではない。この男は、ソフィア以外の人間にはたとえ女であろうと容赦ない。それが、リアムが〝冷酷な騎士団長〟と陰で呼ばれる所以《ゆえん》だ。


葦毛《あしげ》の馬にまたがり、ソフィアはリアムとともに草原を駆け抜ける。リアムは剣術で鍛え上げた腕を伸ばし、ソフィアの背後からでも難なく馬を操った。

リルベは、恵まれた土地だ。通年、気候が安定しており、トウモロコシや小麦など作物が豊富に採れる。水は清らかで緑も濃い。ロイセン王国の中では、農作物を育てるには一番適した領土だといわれている。

エメラルドグリーンに輝く湖の畔で、リアムは馬を止めた。

「リアム、今日も剣を教えてちょうだい」

馬から降り立ったソフィアは、瞳を輝かせながらリアムを見上げた。勉強の息抜きがしたいと、以前からソフィアは時折リアムに剣術の稽古を要求することがあった。

「かしこまりました。ソフィア様」

粛々と頭を垂れると、リアムは鞍《くら》に提げた皮袋から、小柄な騎士団員用の衣服と剣を取り出した。

辺境伯の令嬢が剣を持ち歩くなどあり得ない。それに、ドレス姿では剣を振り回せないから、動きやすいズボンの着替えがいる。これはすべて、リアムがソフィアのために内密に用意したものだ。

着替えのためにソフィアが湖畔に広がる茂みに身を隠すと、リアムも彼女に付き従った。令嬢の着るドレスは重く、ひとりで脱ぎ着するのは困難だ。いつもはアニータが手伝ってくれるが、ここではリアムがその役割を担っている。

ドレスの紐を外しペチコートを脱がせれば、肌着が姿を現した。ミルク色のリネンのシュミーズは、体のラインが浮かぶほどに薄い。袖からは、ソフィアのはっとするほど白い二の腕が伸びている。

結婚前の貴族の娘が、男の前でするような格好ではない。母のマリアがこのことを知ったら、泡を吹いて卒倒するだろう。だが、リアムは幼い頃から気心知れた仲なので、ソフィアに羞恥心はなかった。淡々と作業をこなすリアムにしても、おそらくそうだろう。

ズボンを引き上げた時、リアムの指先がソフィアの腰に触れた。

「ソフィア様、お痩せになりましたか？　腰が、壊れそうなほどに細い」

「アニータが着付けの時にいつも締めつけてくるのよ。きっとそのせいだわ。見た目を綺麗《きれい》にして、素敵な方に見初めてもらうようにってうるさいの」

ソフィアが苦々しく語れば、リアムはなにも答えずに腰から手を離した。

「終わりました」

「ありがとう、リアム」

振り返れば、ひざまずき頭を垂れているリアムが視界に入る。大空を舞う猛禽類《もうきんるい》を彷彿とさせる鳶色の髪が、湖畔の風にそよいでいた。

『まあ、なんて男らしくて素敵な騎士様なの。この世の光をすべて吸い込んだように輝いているわ』

いつだったか、どこかの令嬢がうっとりとした瞳でリアムを見つめながら囁《ささや》きかけてきたのを、ソフィアは思い出す。

ふと、リアムが視線を上げた。

視線を合わせたまま、リアムがうっすら微笑む。

「ソフィア様は、これ以上見た目を綺麗にする必要などございません。今のままで充分お美しい」

「ありがとう、リアム」

ソフィアは、リアムの方へそっと手を伸ばした。白く滑らかな手の甲には、年月を経て薄くなった五センチ程度の傷痕があった。

リアムは、当たり前のようにその傷痕に唇を寄せる。

ソフィアへの、永遠の忠誠の証だ。

ふたりが運命的な出会いを果たしてから、かれこれ十年の歳月が経とうとしている。


——その日、七歳のソフィアは、ロイセン王国の王都『リエーヌ』に来ていた。

『アニータ、見て。素敵な帽子だわ』

『なんて美しい建物なの！　ねえ、アニータ』

リエーヌ一栄えている通りを、馬車の中から眺めてははしゃぐソフィア。

煉瓦《れんが》造りの道には、仕立て屋に酒屋、帽子屋に靴屋など、ありとあらゆる店が軒を連ねている。中でも、色鮮やかなガラス細工の並ぶ店はひときわ人々の目をひいた。

ガラス産業で名高いリエーヌは、色とりどりのガラスで溢《あふ》れたその装いから〝虹の都〟と呼ばれ、貿易の要として年中活気づいている。さらに立ち並ぶ店の向こうには、幾棟もの三角屋根の塔が連なる壮大な城がそびえていた。

『そりゃあロイセン王国随一の都ですから。でも、ここは人ばかりで落ち着かないです。私は、田舎のリルベのほうが好きですわ』

まだ初々しい娘だったアニータは、人込みに怯《おび》えたような顔をしていた。

『見て、アニータ。あの人、大きな玉の上に乗っているわ』

通りの中心に位置する広場では、ステンドグラスが神々しい教会の前で、大道芸人がショーを披露していた。幼いソフィアは、大道芸を見るのは初めてだった。

『ねえ、アニータ。馬車を降りて、もっと近くでショーを見たいわ』

ソフィアにキラキラした瞳で見つめられ、アニータはしぶしぶ承諾する。

『少しだけですよ。ただし、私からは絶対に離れないでください』

『はーい』

弾むような足取りで、ソフィアは馬車を離れる。アニータは馬車を操っている従者にここで待つよう指示すると、ソフィアを連れて大道芸人を取り囲む人込みに近づいた。

ソフィアが、大道芸人の手品に見入っている最中だった。

——バンッ、バンッ、バンッ！

突如、耳をつんざくような爆発音があちこちで弾け、人々を動揺させた。見れば、広場の数ヶ所から炎と煙が上がっている。何者かが爆薬を投げたようだった。

悲鳴をあげ、蜘蛛《くも》の子を散らすように逃げる人々。続いて、至るところから幾度も爆発音が響いた。爆風に煽《あお》られ、多くの人々が血を流しながら地面に倒れ込む。あっという間に広場は混乱の渦に巻き込まれ、ソフィアはアニータと離れ離れになってしまった。

のちに分かったところによると、それはロイセン王国の隣国『ハイデル王国』によるテロ行為だった。

ロイセン王国とハイデル王国は、昔から犬猿の仲だ。ひと昔前までは、年中戦争を繰り返していたほどに。比較的関係が落ち着いていた当時も、ハイデル王国の組織はロイセン王国内にて暗躍していたらしい。

『アニータ、アニータ……！』

ひとりぼっちになったソフィアは、次々と爆発音が起こり火の粉が舞う王都を、泣きながらさまよった。行き交う人々は自分の身を守ることに精一杯で、幼い少女には見向きもしない。

『アニータ、どこに行ったの……？』

空は灰色で、どんよりとしていた。立ち込める煙と人々の体で、視界も定まらない。

『ひっく、ひっく……』

あてどなく歩き続けるうちに、ソフィアは荒廃した路地裏に辿り着いた。どこかで爆音が轟《とどろ》き、小さく悲鳴をあげたソフィアは、反射的に岩陰に隠れる。そこで地下へと続く階段を見つけ、爆音から逃げるように階段を駆け足で降りていった。

降り立った先は、冷たい岩壁に囲まれた細い通路で、ひどくじめじめとしてかび臭かった。そのまま足を進めると、通路の真ん中に鳶色の髪をした少年が倒れているのを見つけた。

少年の息遣いが荒いのに気づき、ソフィアは駆け寄る。

薄汚れた麻の上衣に、擦りきれた粗末なズボン。全身にぐっしょりと汗を掻《か》き、力尽きたように仰向けに横たわっている。いったい、なにがあったというのだろう？

『大丈夫？』

ソフィアが問えば、少年は微かに目を開けた。深海を彷彿《ほうふつ》とさせる深いブルーの瞳の鋭さに、一瞬息を呑《の》む。ソフィアは、父の言葉を思い出していた。

「自分がつらい時こそ、他人を慈しむ心を持ちなさい」

父は、曾祖父からその言葉を教わったのだという。いつしか恐怖心が遠のき、この少年を助けなければという思いだけが、ソフィアの心に強く芽生えていた。

『心配しないで大丈夫よ。私が絶対にあなたを助けてあげる』

幼い少女の堂々たる物言いに、少年はやや面食らったようだった。けれども次の瞬間、ソフィアの背後に視線を移すと顔をひきつらせる。

少年の視線につられるようにして振り返ったソフィアは、突如現れた鉄仮面を被った男が、少年に向かって剣を振り上げていることを察した。咄嗟《とっさ》に、少年の前に立ちふさがる。

――ザシュッ！

『……痛いっ！』

右手の甲に、焼けつくような痛みが走った。軌道を外れた男の剣先が、ソフィアの小さな手を深く切り裂いたのだ。

ドクドクと流れ出た血がソフィアの腕を伝わり、地面に転がる少年の頬に滴り落ちる。

少年は青い目を見開いて、一部始終を見つめていた。

『ソフィア様！』

そこで、甲高い叫び声とともにアニータが階段から駆け降りてくる。ソフィアを探し回っていたのか、目に見えて疲弊していた。アニータの後ろに控えていた従者が異変に気づき、目を剥く。

『貴様っ、お嬢様になにを……っ！』

従者は剣を振りかざし男に立ち向かったが、男は身を翻すとあっという間にどこかに消えてしまった。

『お嬢様っ、大丈夫ですかっ⁉　ああ、なんてこと……』

アニータの声に答えたくても、ソフィアは声を出すことができない。

手の甲が燃えるように熱かった。初めて味わう激痛に耐えられず、ソフィアの体の芯から力が抜けていく。膝が折れ、体が傾いた。

だが、ソフィアの小さな体が冷たい床に打ちつけられることはなかった。少年が上体を起こし、ソフィアを抱き止めたのだ。

薄れゆく視界の中で、少年の整った顔だけが鮮明にソフィアの脳裏に焼きついた。

黒鳶色の髪の下で揺らめく、どこまでも深い青色の瞳。

その瞳から放たれる熱視線を感じながら、ソフィアは意識を手放した。

目が覚めると、ソフィアは自室のベッドに横たわっていた。見慣れた唐草模様の天井が、視界に映る。ビロードのカーテンの吊《つ》り下がったアーチ窓からは、リルベの清々しい風が吹き込んでいた。

『あれ？　私……』

『お嬢様、目覚められたのですね！』

ベッドの脇でアニータが涙ぐんでいる。

『ああ、よかった……！　どうか、旦那様にこのことを報告しに行ってください』

涙をぬぐいながら、アニータは部屋の入り口に控えていた侍女に告げると、ソフィアに向き直った。

『お嬢様、リエーヌでの出来事は覚えておられますか？』

気を失う前までの記憶が徐々に蘇《よみがえ》り、ソフィアは声を震わせた。

『リエーヌ？　そうだ、私……手を怪我《けが》して……』

『左様でございます。お怪我のあとにひどい高熱に浮かされ、丸二日寝込んでおられたのです。一時はどうなることかと思いましたが、本当によかった……』

アニータは涙と鼻水でぐちゃぐちゃな顔に、心底ホッとした笑みを浮かべている。

そこで、ソフィアははっと顔を上げた。

騒乱の中、地下通路で倒れていた鳶色の髪の少年。息も絶え絶えに力尽きていたが、あの後どうなったのだろう？

『そうだ、あの男の子は……？』

『彼は無事です』

アニータが、横たわるソフィアの足下に視線を投げかけた。見れば、あの少年があの時と同じ姿のままで、片膝をつきじっとソフィアを見つめている。

『あの時、お嬢様は朦朧《もうろう》としながらも、必死にうわ言でこの少年のことを心配しておられました。ですから、彼も一緒にこの邸に連れ帰ったのです。この子の容態は間もなくしてよくなりましたが、名前も家がどこかも答えようとはしません。こうして寝ることも食事を摂ることも拒んで、じっとお嬢様を見守っているのです』

ソフィアはゆっくり起き上がると、ベッドに腰かけた。傷を負った右手の甲には白い包帯が頑丈に巻かれており、痛みはもう引いている。

『あなた、名前は……？』

『リアムです』

しゃべったわ、と脇で驚いたようにアニータが言った。

『私はソフィアよ』

『はい、ソフィア様』

少年が頭を垂れた。他人にひれ伏す姿すら様《さま》になっているのは、この少年の持って生まれた魅力が所以だろうか。

少年の鋭い碧眼《へきがん》は、この国の伝説の英雄〝獅子王〟の若き頃を思い起こさせた。もちろんソフィアは獅子王を姿絵でしか見たことはないが、髪の色こそ違っても、目もとが似通っている。そのせいか、少年には初見とは思えない繋《つな》がりを感じた。

『リアムは何歳なの？』

『今年で十一歳になります』

『お父さんとお母さんは？』

リアムは少し間を置いて、『……亡くなりました』と答えた。

『まあ、かわいそうに』

アニータが気の毒そうな声をあげる。

すると、おもむろにリアムが立ち上がった。そしてソフィアの真正面に移動すると再び片膝をつき、自分より四つも年下のソフィアをうやうやしく見上げる。

『ソフィア様、お願いがあります。あなたは僕の命の恩人です。僕には、もう帰る場所がございません。どうかここに置いて、ソフィア様をお守りさせてください』

孤児になった憐《あわ》れなこの少年を、拒む理由がどこにあるだろう？　もともと、根はどこまでも慈悲深い少女だ。ソフィアに迷いはなかった。

『分かったわ。リアムはずっと私のそばにいて、私を守って』

そこでようやく、リアムは表情を微かに綻ばせた。

『ありがとうございます』

リアムは深々と頭を下げると、包帯の巻かれたソフィアの手に恐る恐る触れた。そして、まるで壊れ物を扱うように優しく唇を寄せる。

『どうか、覚えておいてください。今日から僕の命は、永遠にあなたのものです』

怖いほどにまっすぐ向けられたブルーの瞳の底知れない煌めきを、ソフィアは今でもはっきりと覚えている――。


それから十年、リアムはずっとアンザム邸でソフィアに寄り添っている。そのうち剣の腕を見込まれ、精鋭の剣士として騎士団に加入した。

リアムの剣の腕はその後も飛ぶ鳥を落とす勢いで上達し、十五歳になる頃には騎士団の中で彼に敵う者はいなくなった。そしてわずか十九歳で、総勢五百名の騎士たちを率いる騎士団長にまで昇り詰めたのだ。

ソフィアの父であるアンザム卿も、五つ年上の兄のライアンも、今ではすっかりリアムに信頼を寄せている。

「リアム、そろそろ終わりにしましょう」

「はい、ソフィア様」

剣の稽古に夢中になっているうちに、気づけば空が赤らみはじめていた。額の汗をぬぐいながら、ソフィアは芝生の上に腰を下ろす。夕焼けに染まる湖が、目前で輝いていた。

「剣の扱いが上手になりましたね」

「そう？　リアムに褒められると嬉《うれ》しいわ。あなたはお世辞を言わないから」

ソフィアはあどけなく微笑んだ。

「天文学に馬術に剣術。あなたは、貴族の娘が普通では学べないようなことをたくさん教えてくれたわ。あなたといるとね、心が解放された気分になるの。令嬢っていうのは退屈だから……。こうやって令嬢らしくないことをあなたに学んでいる時が、私は一番幸せ」

「そうですか」

淡々とした口調でも、リアムの瞳は出会った頃と変わらずまっすぐにソフィアを見つめている。

「ねえ、リアム。次は、なにを教えてくれる？」

健気な笑顔とともに繰り出された問いに、リアムはすぐには答えなかった。

夕方の風が、見つめ合うふたりの間を通り抜けていく。

「……あなたが望むことなら、どんなことでも」

ようやくリアムが口を開いた。

するとソフィアは、目の前の騎士に、心から信頼を寄せている眼差しを注ぐのだった。

月夜の晩餐会

　春が過ぎ、リルベの緑が最もみずみずしくなる季節がやってきた。世の中が過ごしやすくなるこの時期から、貴族の邸では夜会が頻繁に催される。

「お嬢様、今日の晩餐会には上流階級の要人がたくさんいらっしゃいますから。ちゃんとしてくださいね」

　アンザム辺境伯の邸で晩餐会が開かれるその日、アニータはソフィアのコルセットをいつも以上にきつく締めた。

「うっ」と息苦しさを覚えながら、ソフィアは姿見で自分の姿を確認する。

　エメラルドグリーンのビロードのドレスは、V字に開いた胸もとにレースやリボンが装飾され、惚《ほ》れ惚《ぼ》れするほどに美しい。令嬢たちに人気の針師に、この日のためにあつらえてもらったものだ。

「夜会なんて嫌いよ。だって、面白くもない話に無理して笑わなくちゃいけないんだもの」

「辺境伯の令嬢なのですから、そんなことを言ってはなりません。その上今日は、普段はあまり姿をお見せにならない『カダール王国』のニール王太子もいらっしゃるのですから。もしも見初められたら、とても名誉なことですよ」

カダール王国は、ここリルベのあるロイセン王国の隣国だ。ロイセン王国と敵対しているハイデル王国とは反対に位置し、関係も良好。殊《こと》にリルベはロイセン王国とカダール王国の辺境にあるので、親交は不可欠だ。

「王太子なんかに興味はないわ」

どうせつまらない話しかできない人種でしょう、とソフィアはため息をつく。

上流階級の男は皆そうだ。そんな男たちに愛想を振りまくぐらいなら、湖畔でリアムと過ごすほうがよほどくつろげる。

「ですが、令嬢たちの間ではものすごい人気ですよ。ハンサムで、知的で……。私も一度姿絵を拝見したことがあるのですが、そりゃもう、素敵な方でした」

アニータが、うっとりと言った。

「それに、ニール殿下は今結婚相手を探しておられるという噂《うわさ》ですよ。あまり姿をお見せにならなかったのに突然社交界に出入りするようになられたのは、そのためなのでしょう。令嬢たちはニール殿下の気を引こうと必死なのですよ」

「でもカダール王国よりもロイセン王国のほうが大きいじゃない。だから、ロイセン王国の王太子のほうが人気がありそうだけど」

ロイセン王国は大陸一の勢力を誇る。獅子王の代で勝利を収めてから、ハイデル王国は軍事力、経済力ともにロイセン王国には及ばないし、カダール王国も親密な繋がりを保つのに必死だ。

「ですが、ロイセン王国のノエル王太子は三歳になられたばかり。結婚相手探しは、まだ先の話です。その点、ニール王太子は二十四歳で結婚適齢期ですから」

王太子だの結婚だの、そんな話はもう飽きた。疲れを感じたソフィアは椅子に腰かけると、リアムのことを思った。リアムなら、すぐにでも私をここから連れ出してくれるだろう、と。

「リアムは、今どこかしら……」

ソフィアが呟《つぶや》けば、アニータはみるみる表情を強張らせる。

(しまった)

うっかりリアムの名前を口にしてしまったことを、ソフィアはすぐに後悔する。

アニータは、ソフィアがたびたび勉強を放棄してリアムとともに出かけるのを快く思っていない。先日も時間を忘れてリアムと剣の稽古に勤しみ、夕暮れになってから帰宅したため、今までにないほどの剣幕で叱られた。

「今日はリアムの名前を口にしてはいけません。お嬢様が見初められるかもしれない、大事な晩餐会なのですから」

アニータの口調は厳しかった。

「リアムは孤児で、アンザム家に忠誠を誓った騎士です。お嬢様と一生を添い遂げることはできません。身分が違いすぎます」

「そんなこと、分かっているわよ。そんなつもりで言ったわけじゃないわ」

リアムを〝男〟として見たことはない。彼は、ソフィアの忠実な下僕。だからそばにいるのは当然だ。ただそれだけのことなのに、名前を口にすることすら許されないなど酷だ。

「もしも騎士と仲よくしているところを見られたら変なお噂が立ち、お嬢様の結婚が遠のくかもしれません。ご主人様を悲しませることになります」

「でも、お父様は私に結婚しろとはおっしゃらないわ」

父であるアンザム卿は、他の貴族のように娘に政略結婚を強要することもなく、ソフィアを自由にしてくれている。そんな父が、ソフィアは大好きだった。

「それは本音ではございません。ご主人様は言葉にはなさりませんが、本当は誰よりもソフィア様のご結婚を心待ちにしておられるのです……」

表情を曇らせ、アニータはしばらくの間うつむき押し黙った。

違和感を覚えたソフィアは、「アニータ？」と首を傾げる。

「どうかした？」

「……いいえ」

アニータの声に湿っぽいものを感じ、ソフィアははっとした。

「アニータ、泣いているの……？」

「泣いてなどいません」

アニータはソフィアから顔を背けると、逃げるように部屋の入り口まで下がった。

「では、晩餐会の時刻になりましたらお迎えに上がります。それまで、しばらくこのままでお待ちくださいませ」

――パタン。

扉が閉まり、アニータの足音が遠ざかる。

妙なモヤモヤが、ソフィアの胸の奥に広がっていた。

晩餐会は、バルコニーに面したホールで行われる。

えんじ色の絨毯の敷き詰められた床は、ダンスをするのに最適だ。瀟洒《しょうしゃ》な白亜のテーブルには、香ばしく色鮮やかな料理の数々が並べられていた。

キッシュにパスタにフリッター、デザートには飴色《あめいろ》のカタラーナに焼き立てのマカロン。どれも一流の料理人が腕をふるった料理だが、談笑する貴族や貴婦人はおしゃべりに夢中で、あまり手をつけようとはしない。

「ソフィア様、随分お綺麗になられましたこと」

「なんとお美しい。お人形のようだったお嬢様が、こんな立派なご令嬢になられて」

晩餐会の主催者、アンザム卿の娘であるソフィアも、次から次へと現れる客人たちに挨拶をするのに大忙しだった。美辞麗句に愛想笑いで答え、スカートの端を摘まんで会釈する〝淑女の礼〟を繰り返す。

談笑しながらもしきりに扉を気にしている着飾った令嬢たちは、おそらく例のニール王太子を待ちわびているのだろう。

「ソフィア、疲れただろう？　無理はしなくていいぞ」

ソフィアの隣に並んだアンザム卿が、いたわりの笑顔を向けてくる。

今年でちょうど五十歳を迎えるアンザム卿は、威厳ある顎ひげを蓄えた穏やかな口調の紳士だ。ソフィアのブラウンの瞳は、おそらく父親譲りだろう。蜂蜜色の髪は、母親のマリアに似ている。

辺境伯婦人であるマリアは由緒ある家の出で、美しさゆえ昔から社交界の花形だった。二十二歳でソフィアを生んだ彼女の見た目はまだ年若く、立ち振る舞いもきびきびとしている。兄のライアンを連れて、今も要人たちの挨拶回りに余念がない。

「お前はこういう場が好きではないからな。バルコニーで風にでも当たってきたらどうだ」

「お父様……」

世の中には、自分の娘を政治的策略の駒だと考えている貴族が溢れている。だが、アンザム卿はいつ何時も娘への気遣いを忘れない。

「お父様は大丈夫なのですか？　少し顔色がお悪いようですけど」

「なに、大事な晩餐会だ。主が退席するわけにはいかないだろう」

ハハハ、とアンザム卿は笑う。だが……。

「ゴホッ！　ゴホゴホゴホ……っ！」

次の瞬間、激しくむせ込んだ。

「お父様……!?」

すると、すぐにグラスに入った水が差し出された。

それは、金模様の施された黒の上着に身を包んだリアムだった。邸で晩餐会が催される際は、護衛として騎士団長のリアムも同席するのが常だ。

「すまない、リアム」

水を飲んだアンザム卿は、容態を持ち直す。

「大丈夫？　お父様」

「ああ、リアムがいるからもう大丈夫だ。お前は少し休憩をしてきなさい」

リアムがソフィアに視線を向け、アンザム卿の声に同意するように頷《うなず》いた。

不安を抱きながらもソフィアはその場をリアムに任せ、バルコニーで風に当たることにする。

ガラス戸を閉じれば人々の笑い声が遮断され、風の音が耳に届いた。漆黒の夜空には満月が浮かび、闇に沈むリルベ一帯を照らしている。

しばらくの間、ソフィアは涼やかな外気を肌で感じていた。そして金色の月を見上げ、獅子王の英雄譚《えいゆうたん》を綴《つづ》った『獅子王物語』を思い出す。

獅子王が王位に就く前まで、ロイセン王国が消滅寸前の弱小国だったのは有名な話だ。獅子王は明晰《めいせき》な頭脳と剛腕を武器に、一代にしてその弱小国を古今類を見ないほどの大国に発展させた。王自らが先陣を切り、満月の夜の奇襲作戦で難攻不落と言われたハイデル王国との戦いに勝利した話は、今なお武勇伝として語り継がれている。

「満月の夜に、我は誓う。この地を治めし我は、愛の精神を胸に、永遠にこの地を――」

子供の頃から繰り返し読んだ『獅子王物語』の一節が、自然と口をついて出ていた時……。

「へえ。『獅子王物語』か」

突然、若い男の声が足下から聞こえた。バルコニーの鉄柵の前に男がしゃがみ込み、ソフィアを見上げている。見たことのない顔だった。

(誰……?)

驚いたソフィアは、跳ねるように一歩後退した。

スッと男が立ち上がる。スラリとした体躯《たいく》に、サラサラと流れる銀色の髪。漆黒の瞳が光る端正な顔からは、聡明さが滲み出ていた。

「珍しいな。『獅子王物語』を諳《そら》んじる令嬢なんて。あれは、戦いの物語だ。女が読む本ではないだろう」

見ず知らずの人間に『女が読む本ではない』と言われ、ソフィアの胸に闘争心が湧き起こる。なにを読もうと人の勝手だと思う。ソフィアは、男に対する警戒心を露《あら》わにした。

「戦いの物語は、退屈せず面白味があります。女性が読む恋物語なんて、うんざりですわ」

「ははっ、変わったお嬢さんだな」

男が笑うと、聡明な雰囲気が一転して無邪気になる。だが、どこか弄ばれているような侮れない雰囲気があった。

「女は、恋にうつつを抜かすものだと思っていた。戦いを好む野蛮な女もいるんだな」

伸ばされた男の手がソフィアの髪に触れる。髪の毛を伝うように流れた指先が、ソフィアの顎先をわずかに持ち上げた。

（なに……？）

父とリアム以外の異性に触れられたのは、生まれて初めてだった。突然のことに、ソフィアは凍りついたように男を見つめることしかできない。

「野蛮なわりに、随分美しい」

男が瞳を細める。

「名前は？」

「……ソフィア・ルイーズ・アンザム」

「なるほど、アンザム卿の娘か。あの男の娘なだけあって、知性に溢れている」

辺境伯であるお父様を、あの男呼ばわり？　むっとしたソフィアは、男を睨《にら》んだ。

「あなたこそ、どなた？　随分高慢な口ぶりだけど……」

その時、バルコニーの扉が開いて中年の男が入ってきた。

正装ではなく、緑色のマントをまとったその男は、どこぞの貴族の従者のようだった。従者はソフィアに絡んでいた男の手前で膝をつき、頭を垂れる。

「殿下、ようやく見つけました」

ソフィアは思わず目を見開く。

殿下ということは、まさかこの人が噂のニール王太子……？

辺りは暗いし、奇怪な出現の仕方だったので全身にまで目がいかなかった。よく見れば、金ボタンの装飾された高価そうな藍色のジャケットを身につけている。シルバーのベルトには見事な模様が彫り込まれており、腕の立つ職人による特注品だということがうかがえた。そして胸もとにあるペガサスの紋章は、隣国カダール王国のシンボルだ。

王太子と気づかず無遠慮な口を利いてしまったことをソフィアは後悔する。カダール王国の王太子ならば、もちろん辺境伯の父よりも身分は上だ。ソフィアが軽々しく会話を交わしていいような相手ではない。

「リディア様が殿下をお探しです。殿下にダンスのお相手をしていただきたいのでは。リディア様だけでなく、他のご令嬢もお待ちかねですよ」

従者は、機械的に要件を伝える。

「そうか。探させてすまなかったな、アダム。だが、お断りしろ」

「ですが、クラスタ家のリディア様は、カダール家とは切っても切れぬ縁。理由もなく断るのは、失礼に値します」

名門クラスタ家の名は、ここリルべでもまかり通っている。カダール王国において広大な領土を所有している公爵家で、重臣として政《まつりごと》にも大きな役割を担っていると聞く。

「だったらこう伝えろ。私は今日、このアンザム家のソフィア嬢とだけ踊る、と」

「……え？」

ソフィアが驚きの声をあげれば、ニールが彼女に向けてうやうやしく頭を下げた。

「申し遅れました。私は、カダール王国の第一王子、ニール・アンダーソン・カダールと申します」

どうして気づかなかったのだろう。彼の動きひとつひとつには特別な品がある。ほのかに香る柑橘系《かんきつけい》のオーデコロンが、優美さをよりいっそう盛り立てていた。

「ごめんなさい。私、殿下に向かって失礼な口の利き方を……」

「気にしていない。妙な気遣いはやめてくれ」

「でも……」

「君の本性が野蛮なのは知っている。今さら、どんなに令嬢らしく振る舞っても手遅れだ」

クス、とニールが笑った。

小バカにされているようで、ソフィアは面白くない。唇を引き結び、ニールと真正面から向き合った。

「では、殿下に遠慮はいたしません」

「上出来だ」

ニールは満足げに微笑むと、深々と腰を折り手を差し伸べる。

「それでは、ソフィア嬢。今宵は私と踊っていただけませんか？」

改めて丁重にダンスを申し込まれ、ソフィアは一瞬うろたえた。

令嬢に人気のニールと踊れば、注目されるのは間違いないだろう。ダンスは好きだが、目立つのには抵抗がある。

かといって、相手は隣国の王太子。無下に断れば、父であるアンザム卿の顔に泥を塗ることになってしまう。

「……喜んで、お受けいたします」

「光栄だ」

言葉とは裏腹に恐る恐る手を差し出せば、ニールは満足げにその手を取った。

ソフィアを連れたニールがバルコニーから颯爽《さっそう》と現れるなり、会場はざわめきに包まれた。

途端に、令嬢たちの射るような視線がソフィアに刺さる。扇子越しにヒソヒソと耳打ちし合う婦人たちもいた。想像以上の脚光を浴び、ソフィアは不安に駆られる。

ガヴォットの旋律に乗って、ふたりは踊り出した。ガヴォットは管弦楽が主流の明るい曲調で、テンポよく踊れるのが特徴だ。

「うまいな」

ソフィアの動揺など露ほども知らぬ様子で、華麗なステップを踏みながらニールが言う。

「ダンスは、子供の頃から一番好きな習い事ですから。本当は剣術のほうが好きですけれど」

「剣術？」

目を見開いたニールが、「ははは」と声をあげて笑う。

「驚いたな。『獅子王物語』の次は剣術か。とんだ辺境伯令嬢だ。剣術など誰に習った？」

「騎士団長のリアムにございます」

「へえ、そうか」

リズムに合わせて、ソフィアはくるりと回転する。前に向き直った際ニールの顔が思った以上に近かったので、ソフィアは息を呑んだ。

「リアムというのは、あの鳶色の髪の騎士か？」

「はい。どうしてお分かりに？」

「さっきから私を食い入るように見ている。彼の視線に刺されて、私は殺されそうだ。彼は君の恋人か？」

ソフィアは、ニールの目線を追った。そしてニールの言うように、客人に紛れ、こちらを凝視しているリアムの姿を見つける。

「まさか。彼は私の下僕にございます」

「下僕？　また随分な言い方だな。召使い以下ってことか？」

「そういう価値基準にはございません。たしかなのは、彼は私にどこまでも忠実な騎士ということだけでございます」

答えながら、ソフィアはオフホワイトのシルクの手袋をした自分の右手に視線を這わせた。十年前にできた傷痕を隠すため、母のマリアに言われてつけはじめたものだ。体裁を気にするマリアは、娘の手に遺った薄茶色の傷痕をいつも嘆いている。

だが、ソフィアにとってその傷痕は誇りだった。ソフィアにいろいろなことを教えてくれるリアムは、ソフィアの下僕であると同時に大事な友人でもある。そのかけがえのない友人を救った傷痕を、どうして嘆く必要があるだろう。

「本当に面白いお嬢さんだな。『獅子王物語』に剣術、次は下僕か。貴族の令嬢との会話とは思えない。あなたといると飽きなさそうだ」

物思いにふけるソフィアを見つめながら、ニールが満足げに口角を上げた。

ヴァイオリンの音が高らかに鳴り響き、ダンスのテンポも上がる。ニールの肩越しに辺りに目を配れば、ホールにいる人々の様子が一望できた。

多くの婦人たちが、相変わらず耳打ちし合いながらこちらに視線を向けている。中でも眉間にシワを寄せ悪魔さながらの形相をしているのは、ニール王太子と踊りたがっていたというリディア嬢だ。

帽子もドレスも常に流行の最先端を行く、社交界のファッションリーダー。勝気で身勝手な性格は時に令嬢たちから反感を食らうが、名門クラスタ家の娘であるため歯向かえる者はいない。

ガヴォットが終わり、今度はワルツが流れはじめた。踊っていた人たちが次々とパートナーを変えていくのを見て、ソフィアはホッと息を吐く。ところが礼を済ませいち早くニールから離れようとしても、彼はソフィアの手を離すどころかますます身を寄せてきた。どうやら、ニールは次の曲もソフィアと踊るつもりのようだ。

困惑するソフィアの耳に、ニールが唇を寄せた。

「ところでソフィア嬢、アレクサンダー・ベルの新作に興味はあるか？」

「『獅子王物語』を書いたアレクサンダー・ベル？　新作ということは、彼はご健在なのですか？」

『獅子王物語』が書かれたのは、今から七十年以上も前だ。その著者となると、とっくに過去の人間だと思い込んでいた。

「もちろんだ。彼の新作『仮面《かめん》の王子《おうじ》』という話がそれは面白くてね。出版されるのはまだ先だが、特別な伝手《つて》で入手したんだ。よかったら、今度我が城で開かれる文学サロンに来ないか？　こう見えても私は文学好きでね、月に一回、文学仲間を集めて意見を交わし合っている。もし来られるのなら、その時に本をお貸ししよう」

ソフィアは、目を輝かせた。

『獅子王物語』を書いた、アレクサンダー・ベルの新作がいち早く読めるの？　なんて魅力的なお誘いなのかしら。

「その目は、オーケーということだね。では、後日正式に招待状を送ろう」

ニールが、形のよい唇をしならせて微笑んだ。そして、ベルの新作に気を取られているソフィアの体をぐっと引き寄せる。

体と体が密着する違和感に、ソフィアは微かに背筋を震わせた。気持ちを落ち着かせようと、視線が勝手にリアムを探す。幼い頃からいつもそばにいるリアムは、その存在自体がソフィアに安らぎを与えてくれるからだ。

人込みの中で、寡黙な騎士は、いつもに増して険しい表情でこちらを見つめていた。

ニールの腕の中から、ソフィアもすがるようにリアムを見つめ返す。

ところが、よそ見によってステップがおろそかになったせいか、ソフィアは足下に妙な引っかかりを感じる。あっと思った時には視界が反転し、ホールの天井に描かれた天使の壁画が目に飛び込んできた。

幾ばくもなくして、ソフィアはドシンとにホールに尻餅をつく。

クスクスクス……と、貴婦人たちの笑い声がさざ波のように響き渡る。その場に居合わせた皆が、床に転がるソフィアを嘲るように見下ろしていた。

「まあ、みっともない。お相手の殿下がお気の毒ですわ」

背後から聞こえた声は、リディア嬢のものだった。母のマリアも顔が真っ青だ。よりにもよって王太子とのダンス中に転ぶだなど、アンザム家の面汚しにもほどがある。

ニールが歩み寄り、「立てるか?」とソフィアに手を差し伸べようとした。だが既《すんで》のところでふたりの間を遮る者がいた。疾風のごとくソフィアのもとに駆けつけたリアムだ。

「ソフィア様」

「リアム……」

リアムの声を耳にすれば、安堵から泣きそうになる。

彼を求めるように伸ばした手を、リアムは優しく引き上げてくれた。

「足がもつれてしまったようだね。構わない。さあ、続きを踊ろう」

ニールがリアムの手からソフィアを引き戻そうとしたが、ソフィアはうろたえた。

口ごもる彼女の代わりに、リアムが一歩前に歩み出る。

「御言葉ですが、ニール殿下。ソフィア様はご気分が優れないようです。少し休憩を挟まれてはいかがでしょうか？」

カダール王国の王太子を前にしても、リアムは怯《ひる》む様子がなかった。恵まれた容姿だけでなく、身にまとうオーラもニールに劣りはしない。なによりもその鋭いブルーの瞳には、身分差など一瞬にして吹き飛ばしてしまう特別な威力があった。

リアムの気迫に押されてか、能弁なはずのニールが一瞬言葉を詰まらせた。だが、すぐに持ち前の品に満ちた微笑を取り戻す。

「そうだな、そうしよう」

ソフィアはホッと胸を撫《な》で下ろした。

「殿下、申し訳ございません」

頭を下げるソフィアに、「気にするな」と声をかけるニール。

ソフィアは、リアムに付き添われるようにしてホールの外へと出て行った。

カダール王国からの招待状

晩餐会の夜、ソフィアは一時退席したのちホールに戻ったが、ニールがもう彼女と踊ることはなかった。リディア嬢をはじめ、数々の令嬢とひとしきりダンスを踊ったあと、ソフィアに会釈だけを残してニールは今宵の宿泊所へと帰って行った。

母のマリアは、数日経ってもまだそのことをぐちぐちと言ってくる。今朝も朝食が終わるやいなやソフィアの部屋に訪れ、愚痴をこぼしていた。

「よりにもよって、ニール殿下とのダンスの最中に転ぶだなんて。せっかく殿下はあなたを気に入ったご様子でしたのに、なにもかもが台無しですわ。カダール王国に輿《こし》入《い》れできるチャンスなど、もう二度とございませんわよ」

社交界の花形であり、昔から体裁にすべてを懸けてきたマリアは、娘の嫁ぎ先にも高望みをしていた。あの晩餐会を開いたのも、結婚相手を探しているニールにソフィアを見初めてもらいたい、という彼女の密かな狙いがあったからだろう。

「お母様、申し訳ございません」

ソフィアはひたすら謝るしかなかった。こんな時、父のアンザム卿なら助けてくれそうなものの、晩餐会の翌日から所用で王都リエーヌに滞在している。

「あなたはダンスが得意なはずなのに、どうして転んだりしたの？　今まで一度もそんなことはなかったではないですか」

「………………」

ソフィアは、なにも答えずに黙って耐える。本当のことを言えば、マリアを怒らせるのが目に見えているからだ。

「今後は、もっと真剣にダンスのお稽古に励むのよ。二度と、あんな恥をかかなくても済むように」

「かしこまりました……」

母が部屋から去るなり、ソフィアは盛大なため息をつく。たとえ相手が誰であろうと、結婚など望んでいない。だがそんなソフィアの思いを、結婚に重きを置いているマリアは受け入れはしないだろう。

こんなむしゃくしゃした気持ちの時は、無性に剣を振るいたくなる。ソフィアは焦る気持ちに導かれるように部屋を飛び出した。

騎士団の訓練所は、アンザム邸を出て芝の生い茂る広大な庭を横切った先にある。

騎士団の在中している塔のそびえたつ岩壁の向こうでは、剣と剣がぶつかり合う音が今朝もしきりに響いていた。

「ソフィア様？　おはようございます」

訓練所の鉄柵門の前で、見張りをしていた騎士がソフィアに明るく声をかけてきた。黒の短髪に日焼けした肌のこの騎士は、たしかクリスという名前で年はソフィアと変わらない。先日騎士団に入団したばかりと聞いている。

「おはようございます、毎日ご苦労さま」

「いやあ、今日もお美しい。まるで咲き誇る薔薇《ばら》のようだ」

ニコニコと屈託なく微笑むクリスは、入団して間もないため、邸の人間であれば知っているソフィアとリアムの特殊な主従関係を知らないようだ。いつもであれば、見張りの者はソフィアを見るなり暗黙の了解でリアムを呼んでくれる。

「ありがとう、クリス」

「今日は一日見張りだから冴《さ》えないと思っていたけれど、とんでもない。ソフィア様に会えたのだから、僕は幸運ですね。ソフィア様のお美しさは僕の故郷にまで知れ渡っていて、僕が騎士団への加入が決まった時には――」

饒舌《じょうぜつ》に語るクリスは、ソフィアに言葉を挟む隙を与えてくれない。ソフィアが困ったように微笑んでいると。

「クリス、見張りはなんのためにいる？　口を慎め」

突如、威圧的な声が門の向こうから投げかけられた。腰に剣を提げたリアムが、睨むようにクリスを見据えている。今の今まで剣を振っていたのか、額には汗が滲《にじ》んでいた。

鬼気迫るリアムの眼光を目にしたクリスは肩を跳ね上げると、青ざめた顔で背筋をピンと伸ばした。

「騎士団長、申し訳ございません……っ！」

「これからは、ソフィア様が来られた際はすぐに俺を呼べ」

「は、はい……っ！」

普段は寡黙なだけに、リアムが吐く言葉は鋭さに磨きがかかる。騎士団長である彼は、騎士たちにはとことんまで厳しい。だが、それは常に危険と隣り合わせの団員を戒めるためだということを、ソフィアは知っていた。

震えるクリスになおも冷たい視線を注いだあと、リアムはようやくソフィアを見た。

「ソフィア様、俺をお探しでしたか？」

「ええ」

駆け寄ったソフィアは、彼女に忠実な強く逞しい騎士を見上げる。

「リアム、今から湖に一緒に行くことはできる？」

するとリアムは、クリスへの威圧的な態度が嘘のように、ブルーの瞳にぬくもりを宿した。

「はい。あなたがお望みであれば」


初夏のこの日、柔らかな太陽の光を受けて湖はキラキラと輝いていた。湖畔には、まるで鏡のように青空を行き交う白い雲が映っている。

「もう終わりにしましょう。リアム、汗を拭いてドレスを着せて」

リアムに剣術の稽古をつけてもらい汗を流したソフィアは、息をきらしながらリアムに命令する。体を動かしたおかげで、母からの小言によるストレスも幾分か解消できた。

「かしこまりました」

リアムは、滑らかな手つきでソフィアが着ていたシャツを脱がす。汗で濡《ぬ》れた肌着が、ソフィアの体にしっとりと張りついていた。

首筋から肩、二の腕から指先。乾いた布を滑らせ、リアムはソフィアの白い肌に浮かんだ汗を丹念にぬぐっていく。

うなじに布を滑らせていた時、ふとソフィアは後ろに顔を向けた。至近距離でリアムと目が合った。

「私はこんなに汗だくなのに、あなたはちっとも汗を掻いていないのね」

「汗は、朝の訓練の時にたくさん流しましたので。もう体に残っていないのでしょう」

リアムの答えに、ソフィアは微かに笑う。

騎士団長であり、毎日過酷な訓練を行っているリアムにとって、ソフィアと剣を交わすことなど遊びと同じだ。汗を流すレベルのものではないだろう。

それでもソフィアに気を遣って、おかしな返答をするリアムの優しさが身に染みた。

他人に厳しいこの男は、ソフィアに対してだけはどこまでも甘い。

「あなたは優しいのね」

ソフィアは体を反転させ、リアムと向き合う。汗ばんだシュミーズの襟元から、華《きゃ》奢《しゃ》なわりに豊かな胸の谷間が覗《のぞ》いている。

リアムは瞳を逸らした。

「ソフィア様、背中を向けてください。まだ着替えが終わっていません」

「なのに、あなたはその優しさを人に見せない。〝冷酷な騎士団長〟と言われていることも知っているわ。でも、そのままでいてね。あなたの優しさを理解しているのは私だけでいたい」

　あたたかな光を閉じ込めたソフィアの瞳を、リアムは艶っぽい眼差しで見返した。

「お優しいのはあなたのほうです」

「私が？　まさか、お母様にもアニータにも迷惑をかけてばかりのじゃじゃ馬娘よ」

「あなたはあの晩餐会の夜、クラスタ家のリディア様がわざとドレスを踏んだことに気づいていた。それなのに、ご自分に恥をかかせたリディア様を咎《とが》めはしなかった。そのことを、優しさ以外になんと例えたらよろしいのでしょうか？」

　ソフィアは驚きで目を見開く。有能な騎士団長には、すべてがお見通しのようだ。

　あの時、誰かの足がドレスの裾を踏んだ気配がした。ソフィアの背後にいたのは、ニールに入れあげているというリディア嬢だった。彼女はニールと踊っているソフィアを妬み、人に見つからないようわざとソフィアのドレスを踏みつけたのだ。

「あれは優しさじゃないわ。むしろ、その反対よ。私は転びたかったの。転んで、殿下のそばから逃げ出したかった」

　リアムに気づかれていたのは構わない。だが、それを優しさと勘違いされては罪悪感にいたたまれなくなる。

「どうしてですか？」

「怖かったのよ。あの人が、私をなかなか離してくださらないから……」

胸の前でぎゅっと拳を握り、ソフィアはあの夜のことを思い出す。

あの夜、ニールはガヴォットが終わってもソフィアの手を解くことなく、続けてワルツを踊りはじめた。絡めた指先は熱を持ち、ぎらつく瞳は肉食動物のようにソフィアを狙っていた。その瞳の獰猛《どうもう》さが、ソフィアは怖かった。これ以上この人に関わってはいけないと、本能的に察知した。

逃げたくなる衝動に駆られたが、辺境伯の娘にすぎないソフィアが隣国の王太子の誘いを断るわけにはいかない。だから、リディア嬢が逃げ出すきっかけを作ってくれたことには感謝したいほどだった。

「そういうことでしたか」

動揺するソフィアを前に、リアムが低めの声を出す。

「でも、あなたがお優しいのは事実です。十年前、我が身を投げ出してこの俺の命を救ってくださったのですから」

リアムは、青い瞳をわずかに細めた。

ソフィアの胸の奥から、安らぎが広がっていく。ニールに見つめられると恐怖を感じたのに、リアムに見つめられるとどこまでも心が癒される。それはリアムがソフィアにとって頼れる騎士であり、幼なじみであり、友人でもあるからだろう。だから、他人には聞きにくいこんな質問も迷いなくできる。

「ねえ、リアム。男とはどういう生き物なの？」

リアムの瞳が珍しく困惑の色を浮かべた。ソフィアの問いが抽象的すぎたためだろう。

「私は男を知らない。男が怖い。男はどうして女を欲するの？」

ニールのあのしたたかな瞳を思い出すと、また気持ちが落ち着かなくなる。

あの瞳は、父であるアンザム卿がソフィアを見つめる瞳とは違った。リアムの、親切心に満ちた瞳とも違った。ニールは、娘である自分でも、主人である自分でもなく、女としての自分を求めていたのだ。

すっと伸ばされたリアムの指先が、汗に濡れたソフィアの髪の毛を耳にかける。

「女は、慈愛に満ちた海のような存在です」

湖畔の風が、リアムの鳶色の髪を揺らした。

「男は、そんな海のような女に自分のすべてを受け止めてもらいたいのです」

ソフィアは首を傾げた。リアムの言葉は分かるようで分かりにくい。

「でも、世の中に女はいくらでもいるわ。それなのに、どうしてひとりの女だけに惹《ひ》かれるの？」

「理由はございません。運命とでも言いましょうか。風に煽られた花の種が自分を育む土地を選ぶのに似ております」

「運命……？」

「そして、その土地に根づき生気を通わすことによって、徐々に離れられぬかけがえのない存在となるのです」

ソフィアは、吸い込まれるようにリアムの瞳を見つめた。急に、リアムの瞳の青さを眩《まぶ》しく感じる。

この美しい騎士にも、きっといつかそのようなかけがえのない存在ができるのだろう。もしくは既にいるのかもしれない。

そう考えると、ニールのことが頭から離れ気持ちがざわついた。自分に忠実な騎士を奪われることへの嫉妬心だ。

「ソフィア様、どうかされましたか？」

急にうつむき黙りこくったソフィアを、リアムが心配する。

「なんでもないわ」とソフィアは無理やり笑顔を作った。

「私には、まだ男を知るのは早そうね」

結婚も、当面ないだろう。母のマリアがどんなに画策しても、父であるアンザム卿が強く同意しない限り、ソフィアはアンザム家に居座ることができる。

未知の世界に足を踏み入れるのはまだ先でいいわ。どうか、リルベでの毎日がもうしばらく続きますように。

そう心の中で願いながら、ソフィアはリアムに背を向け着替えの続きを促した。


数日後のことだった。

朝からのうんざりするようなお稽古事に疲れ、ソフィアはアニータの目を盗んで再びリアムと湖畔に来ていた。雲行きが怪しくなり、そろそろ戻ろうかと考えていたところに、邸の方から馬で駆けてくる者がいる。それは、騎士のサイラスだった。

「リアム様、ソフィア様！　やはり、ここにいらっしゃいましたか」

サイラスは馬から降りると、リアムとソフィアの前で頭を垂れる。

サイラスは肩までの赤毛を後ろに束ねた、精悍《せいかん》な顔つきの長身の男だった。年は、二十代後半といったところだ。

彼は、ちょうどリアムがアンザム邸に来たのと同時期に雇われた。当初から驚くほど腕が立ち、リアムに剣術を仕込んだのもサイラスである。

初めはリアムの兄のような存在だったが、いつの頃からか立場が逆転し、今ではリアムが最も信頼する部下におさまっている。

「奥様がソフィア様をお呼びです。至急、戻られるようにと」

ソフィアは身の凍る思いがした。

晩餐会での失態以来、母マリアのソフィアへの態度は厳しい。おそらく、またなにかお叱りを受けるのだろう。

思い当たることといえば、こうして頻繁にリアムと湖畔へ出かけることだろうか。権力に甘んじる気質のマリアは、騎士にすぎないリアムのことを好んではいないようだから。

「ソフィア、どこへ行っていたのですか⁉　大変なことが起こったというのに！」

ソフィアがリアムとサイラスを従え恐る恐る邸に戻ると、玄関ホールで待ち構えていたマリアが駆け寄ってきた。鬼のような形相の母を想像していたはずが、その表情は花が咲いたように明るい。リアムと出かけていたというのに、小言を言う気配すらなかった。

「見てちょうだい、これを！　さすが私の娘ですわ！」

マリアが差し出したのは、ペガサスの紋章が刻印された白い封筒だった。中には、金の枠で縁取りされた高価そうなメッセージカードが入っている。

「ニール殿下からのお手紙です。今度の金曜日に開かれる、文学サロンへのお誘いのようよ。やはりニール殿下はあなたのことをお気に召していらしたのね」

たしかに、そんな会話をダンスの最中にニールと交わした気がする。『獅子王物語』を書いたアレクサンダー・ベルの出版前の新作を入手したから読みに来ないか、と。

魅力的な話ではあったが、あんな粗相をしでかしたあとだし、招待状は来ないものだと思い込んでいた。だが、律義なニールは覚えていたらしい。

「ニール殿下は文学好きで、定期的に秘密の文学サロンを催されていると聞いたことがあります。けれどもその文学サロンには、ニール殿下の気に入った方しか招待されないのだとか。それも年配の貴族や文学者など男性ばかりで、令嬢が招待されることはまずないと伺いました。これは、ニール殿下があなたに好意を寄せている大きな証拠ですよ」

興奮しているマリアは、早口でまくし立てる。断ることなどあり得ない雰囲気だ。

実際ソフィアも、アレクサンダー・ベルの新作には興味がある。だが、ダンスの時の熱烈なニールの視線を思い出すと、また拒絶反応が湧き起こった。

あの日を向けられたら、どう振る舞えばいいのか分からない。

助けを求めるように、後ろに控えているリアムを振り返る。

勘のいいリアムはソフィアの視線に気づいているはずなのに、瞳を伏せたまま上げようとはしなかった。


招待状をきっかけに、マリアに小言ばかりを言われていた日々が一転した。

マリアは、目に見えて上機嫌だった。そして文学サロンの開催日に向けて、娘のソフィアを飾るのに必死だった。

ヘチマから抽出した美容液で毎日のように全身マッサージをさせ、髪には紅花のオイルを揉《も》み込んで艶出しに励んだ。髪や体だけではない。髪飾りやドレスなど身につけるものにもこだわり、高級品や腕のいい仕立て屋を探すのに時間を費やした。

ある日、ソフィアはアニータとリアムを連れ、王都リエーヌを訪れていた。リルベからリエーヌまでは馬車で二日ほどの距離があるが、祭りや買い物など、ソフィアは年に数回足を運んでいる。

今回は、リエーヌで評判の帽子屋に、文学サロンに出向く際に被る帽子を注文するために来た。

「シルビエ大聖堂のある広場に馬車をつけてちょうだい。帽子屋へは、そこから歩いて五分だから」

アニータが、馬車から身を乗り出し御者に道案内をしている。向かい合わせの座席には、御者側の席にアニータとソフィアが、反対側にはリアムが座っていた。

城へと続く道は、色鮮やかな煉瓦造りになっている。ガラス細工で世に名高いリエーヌは、町のシンボルであるシルビエ大聖堂だけでなく、役所や図書館などあらゆる建物が色とりどりのステンドグラスで優美に飾られているのが特色だ。

馬の軽快な蹄《ひづめ》の音が通りを行く。「どんな帽子がいいでしょうね」とひっきりなしにソフィアに話しかけてくるアニータと違い、リアムは相変わらず寡黙だった。馬車の窓から、じっと物憂げに外を見つめている。

カダール王国から招待状が届いてからというもの、リアムはソフィアと一緒にいても、こんなふうになにかを考え込むことが多くなった。

そういえばリアムと出会ったのはここリエーヌだったと、ソフィアは思い出す。

命を奪われかけたショックで、リアムはアンザム邸に来るまでのことをほとんど覚えていなかった。唯一記憶があるのが、十年前のあの暴動の最中、両親が何者かに襲われ亡くなったということらしい。

（多分、リアムはこの辺りで育ったのね）

リアムが記憶を取り戻さない限りはっきりとはしないが、そうだと思う。着ている服は粗末だったが、幼いながらにリアムは洗練されていて、都会育ちの香りがしたからだ。

リアムをリエーヌに連れて行くのは気が進まなかった。リアムにとって、この場所には両親を殺されたつらい思い出があるに違いないからだ。

だが騎士の中から護衛を募った際、リアムは真っ先に名乗り出た。いつだってそうだ。騎士団長という立場でありながら、リアムは率先してソフィアの護衛を務めようとする。

「騎士の数が、なんだか多いですね」

ソフィアがリアムに想いを馳せていると、ふいにアニータが言った。

アニータの指摘通り、町のあちらこちらには騎士の姿が見受けられた。朱色の外套《がいとう》には、ロイセン王国のシンボルである獅子の紋章が光っている。腰からは剣が提げられ、中にはまるで今すぐ戦地に赴くかのように鎖帷子《くさりかたびら》まで装着している騎士もいた。

「ハイデル王国との関係がまた悪化しているらしいわ。お父様が先日までリエーヌにいらっしゃっていたのも、政治的な話し合いのためとお聞きしたもの」

ソフィアは眉根を寄せる。

十年前のテロだけではない。幸いリルベは無事だが、ハイデル王国側の組織はロイセン王国内のあらゆる場所でいまだテロを繰り返している。先日も、ロイセン王国とハイデル王国の辺境で、大規模な爆破事件があったと聞いた。

この事態を鎮めようと、ついにロイセン王国側が動きを見せたのだ。

「おそらく戦争になるのも時間の問題でしょう。ハイデル王国は新たな王が即位したばかりで、情勢が不安定です。攻め入るなら早いほうがいい」

「戦争……。まあ、恐ろしいわ」

リアムの言葉に、アニータが怯える。

ソフィアも同じ気持ちだった。戦争など物語の中の出来事のように思っていたのに、それが現実に迫っているなど信じがたい。

（戦争になれば、リアムも戦地に赴くのかしら……）

唐突に押し寄せた別れの予感に、ソフィアは身震いする。

味わったことのない不安に駆られていると、まるでソフィアの胸中を悟ったかのように、リアムが物言いたげな視線をこちらに向けた。

王太子の誘惑

淡い水色の空に、綿のような雲が浮かんでいる、穏やかな気象のその日。母のマリアにされるがままに着飾ったソフィアは、カダール王国に向かう馬車の中にいた。招待された文学サロンに出向くため、時折休憩を挟みつつ前日から馬を走らせている。

袖にベージュのレースが装飾された薄い紅色のドレスは、楕円形《だえんけい》に開いた胸もとにもレースが施され、中心に縫いつけられたリボンが華やかさを添えている。先日リエーヌで買ったラベンダー色のつば広帽子は、令嬢たちの間で流行《はや》りのものらしい。

「いや～。カダール王国、久しぶりだな」

ソフィアの向かいで呑気《のんき》な声を出しているのは、兄のライアンだった。栗色《くりいろ》の髪のライアンは、二十二歳という年のわりには幼い顔立ちをしている。あまり賢くないのが残念なところだが、人当たりがよくいつも冗談を言って場を和ますので、自ずと人望を集めるタイプだ。

「行ったこと、ありますの？」

「そりゃ、そうだろ。僕は、ゆくゆくはアンザム辺境伯になる人間だぞ。というかお前、あのニール殿下から招待状をもらうなんてすごいな。ソフィアがカダール王国に嫁いでくれたら、アンザム家も安泰だ」

朗らかな兄のことは好きだが、ソフィアは多少不満だった。本当は、付き添いにはリアムに来てもらいたかったのだ。

だがマリアが断固反対し、代わりにライアンを付き添わせた。ニールがソフィアと結婚すれば、いずれはアンザム家の当主となるライアンとの交流も不可欠になるからだろう。

婚約も定まらないうちから、いろいろと画策する母。ソフィアは、既に圧迫感に押しつぶされそうだった。

「お前には感謝しているよ。サロンというと普通は女主人が催すものなのに、ニール殿下は男だ。おまけに客人も男が主流の、特殊なサロンだと聞いた。前から、どんなことを話し合っているのか興味津々だったんだよ」

八重歯を見せてにっと笑うと「それにしても、じわじわと暑いな」とライアンは扇子を煽ぎはじめた。

桑畑の連なる道を越えると、カダール王国の城が見えてきた。石造りの要塞城は、白亜のロイセン城とは違い物々しい雰囲気だ。

城の周りは堀で囲まれており、煉瓦造りのアーチ橋を渡ると、鉄製の門扉が一行を出迎えた。

城全体が醸し出す厳かな雰囲気に、ソフィアは緊張を覚える。だが、向かいのライアンは「すごいな。随分と頑丈だね」と相変わらずの能天気っぷりなので、いくらか気分がほぐれた。

城内は、見かけとは違って開放感に満ちていた。建物全体が豪華な庭園をぐるりと取り囲むように建てられていて、清々しい空気に満ちている。水汲《みずく》みをしているビーナス像に、石造りの噴水、広大な温室。甘い花の香りに誘われ蝶《ちょう》が飛び交い、小鳥が高らかに鳴いていた。

あまりの美しさに、ソフィアは目をみはる。

「こちらでございます」

庭園に面した回廊を進み、突き当たりの扉の前で、ソフィアとライアンを案内してくれた召使いは足を止めた。コンコンとドアをノックし「殿下、アンザム辺境伯のご子息とご令嬢がお見えになりました」と告げると、間もなくして銀のドアノブが動き、ニールが姿を現した。

「お待ちしておりました」

深々とお辞儀をしたニールは、顔を上げたあとでソフィアに向かってうっすらと微笑んだ。

シルクのブラウスに、黒の細身のズボン。眉にかかる、艶やかな銀色の髪。以前とは違い軽装だが、持ち前の気品が薄れることはなかった。ニールのスラリとした体躯は、どんな装いでも着こなしてしまうらしい。

「ニール殿下。お招きに預かり、光栄です」

ソフィアはドレスをわずかに摘まんで会釈する。

正面に向き直った時、ニールはまだ微笑を浮かべてソフィアを見ていた。居心地の悪さから、ソフィアはつい視線を逸らす。

「ライアン・ディミトリアス・アンザムでございます。先日は、我が邸にお越しくださりありがとうございました。妹を本日の文学サロンにご招待くださったことを、心から感謝いたします」

「先日はどうも。こちらこそ、お越しいただき光栄です」

ニールとライアンが挨拶を交わし合っている間、ソフィアはおずおずと扉の奥に目をやった。

応接室らしき部屋は薄暗く、壁には天井まで伸びた書架があり、ずらりと本が並んでいる。奥には暖炉があり、上空には現カダール王と思しき人物の肖像画が飾られていた。隙のないアーモンド型の漆黒の瞳がニールによく似ている。

真ん中に設置された楕円形のロココ調のテーブルの周りには、既に数人が集まっていた。いずれも男性貴族のようで、先ほどライアンが男性ばかりの変わったサロンだと噂していたのをソフィアは思い出す。

（本当に、私なんかが参加してもいいのかしら？）

不安を感じているソフィアの横を、「見事だな〜。図書館並みの蔵書ですね」と呑気な口調でライアンがすり抜けていく。

ものの数秒で客人と打ち解け談笑しはじめるライアンを、ソフィアは我が兄ながら羨望の眼差しで見つめた。

「どうした？　怖いのか？」

ふと耳もとで囁かれ、ソフィアは我に返る。思った以上にニールの漆黒の瞳が近くにあって、慌てて目を伏せた。

「怖くなどありません……！」

「そうか。それなら安心した。では、案内しよう」

ソフィアの隣に並んだニールが、彼女の腰に手を添えた。その手からさり気なく逃れようとしても、ニールはやや強引にソフィアのエスコートをはじめる。

ニールが主催する文学サロンは、ソフィアが今までに参加したどのサロンとも雰囲気が違った。

通常のサロンであれば、サロンとは名ばかりの女主人を称えるおべっか広場に他ならない。美術にしろ文学にしろ建前だけで、本当は女主人の暇つぶしにすぎず、話はすぐに主題を逸れて下世話な方へと流れるのが常だ。

どこの令嬢が誰に気があるだの、どこぞの男爵とどこぞの令嬢が夜会の際にキスをしていただの、どうでもいい話ばかりでソフィアはいつもあくびをこらえるのに必死だった。

だがニールの文学サロンでは、思想家たちがこぞって政治に対する自分の考えを熱く語り、意見をぶつけ合っている。どうやらロイセン王国とハイデル王国の関係について議論を巡らせているようで、深いことまでは理解できなかったが、ソフィアも興味を持って聞くことができた。

「退屈していないかい？」

客人たちの討論中、隣に座ったニールがこっそり耳打ちしてきた。

すっかり話に引き込まれていたソフィアは、「いいえ、大丈夫でございます」と首を振る。

「こんなに面白いサロンは初めてですわ」

「そうか。それはよかった」

アーモンド形の瞳を細めたニールは、なぜかその後もソフィアから視線を外そうとはしない。目が合うのが怖くて、ソフィアはあえてそちらを見ないようにした。


どれくらい時間が過ぎただろう。

思想家たちの激論を遮るように、貴族のひとりがパンパン！と手を叩《たた》いた。

「思想の話はもういい。そろそろ、サロン本来の目的である文学の話をしようじゃないか」

「そうだな」

激論に疲れた様子の思想家たちも同意を見せる。

「最近、なにか面白い本はないのか？」

「バーバラ・メイソンは？　飛ぶように本が売れているそうじゃないか」

「バーバラ・メイソン？　恋愛小説など、女が読むものだ」

やいのやいのと意見が飛ぶ中、「あの～」と遠慮がちに手を挙げたのは、兄のライアンだった。

「最近、僕が気に入っていた本が出版禁止処分を受けまして。あの本のなにがいけなかったのか、僕には分からないんです。どなたか教えてくれませんか？」

「なんという題名だ？」

黙って事の成り行きを見守っていたニールが、口を挟む。

「『欲望《よくぼう》の荒野《こうや》』です」

「『欲望の荒野』か。たしか、書架のどこかにあったはずだ」

ニールが立ち上がり、応接室の書架を物色しはじめた。

「あった、これだ」

やがてニールは、書架から引き抜いた分厚い本をテーブルの真ん中に置いた。

「どれどれ？」

貴族たちが一斉に本に群がり、ページをめくりはじめた。

ソフィアも、なんの気なしに後ろから覗き込む。出版禁止になるだなんて、黒魔術の方法でも書いてあるのかしら？と邪推してしまう。

だが途中で現れた挿絵を目にするなり、ソフィアは「きゃっ」と声をあげて口もとを手で覆った。裸の女の上に覆いかぶさる男の姿が、赤裸々に描かれていたからだ。

（なんてはしたない格好なの……！）

恥ずかしさから、顔にみるみる熱がこもる。

「なんだ、簡単なことじゃないか。出版禁止の原因はアレだよ」

初老の貴族が、真っ赤になっているソフィアを茶化すように指さす。

「どうせ、初心《うぶ》なご婦人方の反感を食らったのだろう」

「しかし、この本は本当に素晴らしい本なのです」

能天気なはずのライアンが、今日はいつになく生真面目だ。

「男が女を愛する心理を深く描いている。これほどまでに愛について追求した本は、今までに読んだことがありません。少々細かすぎる描写もありますが、いやらしくはない。愛している女のすべてを欲し、それを描くことの、なにがいけないのでしょう？」

ライアンの熱弁に、貴族たちは徐々に感化されていっているようだった。「それもそうだな」「いや、しかし」と賛成と反対の声が混ざり合っている。

「言われてみれば、たしかにそうだな。裸婦の絵画は芸術と称えられるのに、裸の女の挿絵本は低俗と蔑まれる。おかしな話じゃないか」

声高に賛成の意見を述べたのは、ソフィアの真向かいに座る口ひげを蓄えた紳士だった。たしか、文学に馴染みの深い子爵だと紹介された覚えがある。

「女の体は素晴らしい」

子爵はつかつかとライアンに歩み寄ると、肩をがしっと抱いた。『おお、同士！』というようにライアンが目を輝かせる。

「愛する女の体に触れ、すべてを知りたがることのなにが悪い。女の体は神秘、人類の希望だ。我々は思想を語り合ったり、戦をしたりすることよりも、女の体を愛でるために生まれてきたといっても過言ではない」

熱弁が繰り広げられる中、ソフィアは軽い目まいを覚えた。十七歳の汚れを知らない娘が耳にするには、内容が激しすぎたからだ。その上初夏とあって、室内は蒸すように熱い。

恥ずかしさと熱気が混ざり合い、ソフィアの体からじんわりと汗が滲んでいく。

「大丈夫か？」

ソフィアの異変に気づいたのは、隣にいるニールだけだった。ソフィアはうつむいたまま、かぶりを振る。

「ごめんなさい。ちょっと気分が優れないので、退席してもよろしいでしょうか？」

「……ああ。庭で風に当たってくるといい」

ニールがねぎらいの言葉を言いきるやいなや、ソフィアは立ち上がった。

応接室を出るなり、中庭から吹き込む涼やかな風を感じ、ソフィアはホッと息を吐いた。回廊を歩き、中腹にある階段から中庭へと降りる。噴水を中心に、庭には円状に花が植えられていた。

紫のラベンダーに赤いクレマチス、黄色のガーベラ。アーチ形のトンネルの向こうは薔薇園になっていて、色とりどりの薔薇が咲き誇っている。

「お兄様ったら、なにを考えているのかしら」

前々から抜けているところがあるとは思っていたが、今日のは露骨だった。妹の前であんな発言をするなど、どうかしている。

もっともああいう話は男性同士の間では好まれるらしいから、ライアンの人脈拡大には効果があったかもしれない。それが狙いならお見事としか言いようがないが、ライアンの言動はただの天然気質である。

「お兄様のこと、やっぱり嫌いかも……」

ぼそりと呟いたところで、「ソフィア」と背後から聞き覚えのある声が届いた。

振り返れば、いつの間にかニールが立っていた。

「殿下……？　サロンは大丈夫ですの？」

「こっそり抜け出してきた」

ソフィアが驚けば、ニールは微笑を携えながら隣へと歩んできた。ソフィアの顔を間近で見据え、頭を下げる。

「先ほどは、気分を害して悪かった」

「そんな……。悪いのは兄ですわ。殿下が謝罪なさることではございません」

「私が安易に本など出したから、君があの挿絵を目にしてしまった。もっと考えて行動するべきだったよ」

ソフィアは息を呑んだ。ニールが、これほどまでに謙虚な人間だとは思っていなかったからだ。

そもそも、悪いのは意気地なしのソフィアなのに。男だらけのサロンに参加した以上、どんなことが起ころうと覚悟を持って居座るべきだった。それなのにこの人は、悪いのはライアンでもソフィアでもなく自分だと謝っている。彼の優れた人間性が、垣間見えた気がした。

「殿下。お願いですから、そんなに謝らないでください」

ソフィアの声に、ニールはゆっくりと顔を上げる。

「……サロンに戻りましょう。もしかしたら、皆様殿下を探しておられるかもしれません」

「そうだな。だがその前に、少し君と話がしたい。薔薇園にベンチがあるんだ。ついでだから、寄っていこう」

（ふたりきりに、なるってこと……？）

動揺するソフィアに、ニールは口の端を上げ、悪戯《いたずら》っぽい笑みを浮かべてみせる。

「そもそも今日のサロンは、君と話がしたいがために開いたようなものだからね」

そう続けたニールは、ソフィアの返事を待つことなく、既に薔薇園へと続くアーチ門へと歩みはじめていた。


「『獅子王物語』のどこが一番好きなんだ？」

「……最後の〝満月の夜の戦い〟にございます」

「そうか。君は、本当に戦いが好きなんだな」

薔薇園の中ほどにあるベンチに腰かけるなり、ニールは矢継ぎ早にソフィアに話しかけてきた。目前にある煉瓦造りの花壇では所狭しと白や黄色の薔薇が咲き乱れ、甘美な芳香を漂わせている。

「ところで、君の剣術の腕前はいかほどなんだ？」

「存じません。リアム以外と手合わせしたことがございませんので」

「そうか、それは興味深い」

するとニールはおもむろに立ち上がり、落ちていた木の枝をふたつ手に取った。そして、一方をソフィアに差し出す。

「それでは、今ここで私と手合わせをしよう。いかほどのものか見てやる」

唐突な申し出に、ソフィアはためらう。

今から剣の手合わせ？　それもこの木の枝で？

しかし、王太子であるニールの誘いを断ることはできない。

「かしこまりました」

ソフィアは枝を手に取り立ち上がると、勢いよくニールに向かって振り上げた。

「ははっ。なかなかやるな」

柔軟に体を反らしつつ、ニールが笑う。

「騎士仕込みなだけあって、筋がいいぞ」

「光栄にございます」

剣代わりの木の枝を、ふたりは身を翻しながら交わし合った。息が上がるにつれ、緊張が解けていく。いつしかソフィアは、相手が隣国の王太子であることを忘れるほどに、剣をぶつけ合うのに夢中になっていた。

「ハア、ハア……」

どれほどの時間が過ぎたのだろう。気づいた時にはポンパドールに結い上げた髪は乱れ、ドレスもシワだらけになっていた。重いドレス姿で目一杯、体を動かしたものだから、いつも以上に汗を掻いている。

「すまない。つい楽しくて、夢中になってしまった」

ソフィアの様子に気づいたニールがようやく枝を地面に置いて、ベンチに座るように促した。

「こんな姿でサロンには戻れないな。貸してみろ」

ニールがソフィアの頭上に手を伸ばし、乱れた髪を直そうとしている。ソフィアは慌ててニールの手を止めようとした。

「大丈夫です、自分でやりますから……！」

「なに、こう見えても手先は器用なんだ」

言葉通り、ニールは繊細な指の動きで髪のほつれをほどき、あっという間に結い上げた髪をもと通りにしてしまった。

「すごいわ……」

「惚れたか？」

瞳を細め、冗談めかして笑うニール。色気を孕《はら》んだ表情に、ソフィアは委縮した。

「汗もすごいな」

ニールは自分の懐からハンカチを取り出すとソフィアの額に当てた。

「殿下、それはさすがになりません」

これ以上は危険だと、頭の中で警笛が鳴っている。だがいつもに増して強引なニールは、ソフィアの声を聞き入れようとはしなかった。

「いいから、じっとしてろ」

額を滑ったハンカチがソフィアの耳の後ろに下りる。ソフィアの顎先を持ち上げると、ニールは細い首筋の汗を丹念にぬぐいはじめた。

必要以上に肌を行き来する、柔らかい布の感触。なぶるようにソフィアの首筋を見つめるニールの眼差しが、視界に入った。

「真珠のように滑らかな肌だ」

ニールの口から紡がれる言葉は、官能的な響きを伴ってソフィアの脳をぞわぞわと困惑させる。

「女性らしい華奢な体だ。壊れそうなほどに美しい」

ニールのことは嫌いではない。だが、そういう目で見られることには抵抗がある。

（怖い……）

リアムに汗を拭いてもらう時は、怖いどころか安心感しかないのに。どうして、こうも逃げ出したくなるのだろう？

首筋を離れたニールのハンカチが、ソフィアの胸もとにあてがわれた。谷間の膨らみにハンカチが触れ、布越しに感じるニールの熱い指先にソフィアは震え上がる。

「……もう大丈夫です。自分でいたします」

早口にまくしたて、ソフィアはニールの手から半ば奪い取るようにハンカチを受け取った。そして早急に肌に浮かんだ汗をぬぐうと、「洗ってお返ししますので」と顔を伏せ立ち上がろうとした。

だが、既のところで腕を引き寄せられる。バランスを崩したソフィアは、ニールの膝の上に勢いよく座り込んでしまった。

「近々アンザム辺境伯に、正式に君との婚約を申し込もうと思っている」

ニールの真剣な表情が、ソフィアの視界を覆った。

戸惑いから、息をするのも精一杯の状態だ。

「……なぜですか？　なぜ私なのですか？」

ようやくのことで、細く頼りない声を出す。それは、彼女の心からの疑問だった。

出会うなり野蛮だと言われ、ダンスの時には転んで逃げ出し、女だてらに剣術の真似事をする自分の、いったいなにをこの人は気に入ったというのだろう？　自分にニールを惹きつける魅力はない。彼は、とんでもない見誤りをしている。

「そうだな、理由はふたつある。ひとつ目は、君がそもそも私の婚約者の第一候補だったからだ。ロイセン王国との親交は我が国にとって最重要事項に値する。辺境伯の娘である君と結婚すれば、交流もいっそう密になるからな」

強引な所作とは裏腹に、ニールの声は優しい。

「ふたつ目は、単純に君をもっと知りたいと思ったからだ」

ソフィアの腕を握るニールの手に力がこもった。

「君がどんなことに興味があるのか。どんな話をしてくれるのか。私の話を聞いた時、どんな顔をしてくれるのか。もっと深く君のことを知りたい。そして、私のことも知ってほしい」

ソフィアは目を見開いた。カダール王国の王太子という立場の彼が、自分を欲しているなど、信じがたいことだ。だがまっすぐな彼の眼差しは、その言葉が嘘《うそ》ではないことを物語っていた。

そこで、ニールはソフィアの腕をようやく解放した。

「いい返事を期待しているぞ」

ニールの膝から離れても、ソフィアは戸惑いを封じ込めることができないでいた。

そして文学サロンに戻っても、心ここにあらずの状態で過ごすことになる。期せずして婚約を申し込まれた今、ニールにどう接すればいいのか分からない。だからようやくサロンがお開きになったときには、安堵の息を吐いた。

帰りがけ、馬車に乗り込む寸前に、ニールはソフィアに一冊の本を手渡してきた。

「前に話した、アレクサンダー・ベルの新作だ。持って帰って、ゆっくり読むといい」

まだ新しい紙の匂いの残るその本を受け取ると、ソフィアは深々と頭を下げた。

「ありがとうございます。邸の者に頼んで、なるべく早くにお返ししますので」

「いや、その必要はない。今度、君がこの城に来た時で大丈夫だ」

「……また、文学サロンに呼んでいただけるということでしょうか？」

そうだな、とニールが答える。

「もちろんそれでもいいが、できれば君には別の要件で長らくこの城に滞在してもらいたいと思っている」

「別の要件、ですか？」

「わざと言っているのか？　私が君になにを求めているか、考えれば分かるだろう」

意味深なニールの笑みに、ソフィアは気づかされる。ニールはソフィアに、婚約を受け入れてほしいとほのめかしているのだ。

気まずさから、ソフィアは視線をさまよわせた。

「では、また会える日を楽しみにしているぞ」

「……はい。本日はお招きくださり、本当にありがとうございました」

扉が閉まり、御者が手綱を引き上げる。

馬の唸《うな》りとともに、車輪の音を響かせ馬車は走り出す。

いつまでも馬車を見送るニールの影を、ソフィアは複雑な思いで眺めていた。


要塞城と堀の向こうを繋いでいるアーチ橋は、既に夜の闇の中に沈んでいた。今宵は辺境まで走り、マリアの従妹の邸で一泊する。

向かいの席では、ライアンが既にいびきをかいて眠っている。サロンの終盤辺りから、ライアンは眠そうに目を擦っていた。出版禁止の本について熱弁しすぎたせいで、精魂尽き果てたのだろう。

我が兄ながら、その傍若無人ぶりには呆《あき》れてしまう。

（それにしても、まさか婚約を申し込まれるだなんて……）

胸の奥がごちゃごちゃだ。ソフィアには、やはりまだ結婚は考えられない。結婚など、まるで別次元の出来事のようだ。要するに、ソフィアはまだ子供なのだろう。それなのにニールもマリアも、ソフィアを大人の女に仕立て上げようとする。

（リアムは、今なにをしているのかしら）

ソフィアはまた、今すぐにでもリアムに会いたい衝動に駆られた。ソフィアの気持ちをいつも最優先してくれる彼の隣にいれば、まだ子供でいられるからだ。

ソフィアは右手の手袋を外すと、傷痕をそっと撫でた。目を閉じ、マリアが『醜い』と顔をしかめる微かな膨らみを指先でたしかめる。そうしているだけで、やり切れない想いが空気に溶けるかのように消えていった。

アレクサンダー・ベルは世界に名だたる著名な作家で、その名声は貴族階級に留まらず、文学に馴染《なじ》みのない庶民にまで浸透している。処女作の長編『獅子王物語』は言わずと知れた名作だが、冒険活劇『四銃士《よんじゅうし》』も人気で戯曲化もされ話題になった。

カダール城で文学サロンが開かれてからわずか三日で、そのアレクサンダー・ベルの新作『仮面の王子』を、ソフィアは読破してしまう。

「なんて面白い話なのかしら……」

窓から爽やかな光の入り込む、明朝の自室。徹夜で本を読みきったソフィアは、ベッドに身を投げ出した状態で感嘆のため息をついた。

『仮面の王子』は敵国から身を守るため地下に幽閉されて育った王子の物語だった。息をもつかせぬ展開の、老年の作家が書いたとは思えない斬新な作品である。

(今すぐにこの感動を誰かと分かち合いたいわ。そうだ、殿下に感想を書いた手紙を送ろう)

そう考えベッドから身を起こしたものの、ソフィアは思いとどまる。いくらソフィアが文学を愛する仲間としてニールを慕っても、その想いは相通じることはない。ニールは、ソフィアに友人以上の関係を望んでいるからだ。

そこでドアが激しくノックされた。

「ソフィア、いるんでしょ？　早く開けなさい」

マリアの声だった。ドアを開ければ、目に見えて表情の輝かしいマリアがうきうきとした足取りで近づいてくる。後ろには、父のアンザム卿と侍女のアニータもいた。

「ソフィア、よくお聞きなさい。先ほどカダール王国から使者が来られ、ニール殿下からあなたに正式に婚約の申し入れがありました」

ついに来たわ、とソフィアは息を大きく吸い込む。

「辺境伯の娘として生まれ、これほど名誉なことはございません。殿下はお返事を待つとおっしゃっていたようですが、もちろんお受けしてよろしいですわよね？」

マリアの歯切れのいい物言いは自信に漲《みなぎ》っていた。ニールからの婚約要請を受け入れることが、当然のように。

だが、ソフィアはうつむいたまま顔を上げようとはしなかった。

マリアが片眉をピクリと動かす。

「ソフィア、お返事は？」

「…………」

返事を渋るソフィアに、マリアが厳しい声をかける。

「まさか、お断りするつもりではないでしょうね？」

「そんなつもりでは……、ただ……」

母の思いを、踏みにじりたくない。かといって、結婚したくないという自分の気持ちを押し殺すのも嫌だ。ソフィアは両掌をきつく握りしめた。

「ただ？」

「迷っているのでございます」

しいん、と部屋に重い沈黙が落ちた。

冷えきった空気の中で、理解できないというふうにマリアが眉間にシワを寄せた。

「なぜ？　なにを迷うことがあるのですか？　相手は次期カダール王ですよ。それに社交界でも評判の美男子で、知性まで兼ね備えていらっしゃいます。なんの不満があるというのです？」

「不満というより……怖いのでございます」

「怖い？　いったいなにが？」

ソフィアは返事を呑み込んだ。

ニールを恋愛対象として見ることができないのだと答えたら、マリアはなんと言うだろう。バカバカしい、結婚に恋愛感情など不要だ。そうやって、ソフィアの不安など一蹴してしまうのではないだろうか。

「まあ落ち着きなさい、マリア」

助け舟を出したのは、今まで黙って事の成り行きを見守っていたアンザム卿だった。

「なにも断るとは言っていない、考えたいと言っているんだ。結婚は、一生を決める大事なこと。ソフィアに少し時間をあげようじゃないか」

穏やかな視線が、窮地に立たされていたソフィアを柔らかく包み込む。

辺境伯である夫の言い分にはさすがのマリアも歯向かえないようで、しかめ面ながらも口を閉ざした。

「あなたがそうおっしゃるなら……」

ごにょごにょと呟かれた台詞は、明らかに不服そうだった。

「お父様……」

「ソフィアは賢い子だ」

アンザム卿の肉厚の掌が、ポンとソフィアの頭に乗せられた。

「自分の決めた答えを信じなさい」

いつだって、アンザム卿はソフィアの意志を尊重してくれた。十年前、リアムをアンザム家に置きたいという願いを真っ先に受け入れてくれたのもアンザム卿だった。

あの時のやり取りは、今でも覚えている。

娘の右手に一生ものの傷を負わせたきっかけを作ったリアムを、最初マリアは追い出そうとした。だが、アンザム卿がこう言って制したのだ。

『ソフィアが命を懸けて守った少年だ。大切に出迎えねばならない。ソフィアは賢い子だ。この子の内側に、命を懸けて守らねばならないなにかを感じたのだろう。ソフィアの選んだ道を信じようじゃないか』

「ありがとうございます、お父様。少しだけ時間をくださいませ。近日中に、必ずお返事いたします」

「うむ。分かった」

微笑を見せると、アンザム卿は早々に身を翻す。そして、「焦らなくてもいいからな」と気遣いの言葉を残して部屋から出て行った。もの言いたげなマリアも、しぶしぶといった面持ちでドアの向こうへと消えた。

ソフィアは、ようやく肩の力を抜く。だが、ふたりとともに来たはずのアニータがまだドアの横に立っているのに気づき首を傾げた。

「どうしたの？　アニータ？」

アニータは顔を上げると、またすぐに伏せた。今まで見たことがないほど、活力のない表情だ。

「なんでもございません……」

そしてどことなく哀しげな声を出すと、アンザム卿とマリアを追うように部屋をあとにした。


ロイセン王国とハイデル王国の関係悪化に伴い、騎士団の訓練も苛酷になっていた。騎士団長であるリアムは以前に比べて自由が利かなくなり、ソフィアと会う頻度も減っていた。そのためカダール王国での文学サロンのあと、ソフィアはまだ一度もリアムに会えていない。

ニールからの婚約申し込みを伝えられた日の午後、無性にリアムに会いたくなったソフィアはさっそく訓練所に行ったが、騎士たちは湖の向こうにある草原地帯で訓練中とのことだった。緑豊かなリルベは至るところに広野が広がっており、本番さながらの訓練場にも困らない。

リアムに会いたい気持ちを抑えきれなくなっていたソフィアは、厩《うまや》からこっそりお気に入りの白馬を拝借し、騎士団のいる草原へと向かった。

やがてソフィアは、湖を越えた先で稽古に励む騎士団の一行を見つける。漆黒の上着に濃紺のズボンの団服に身を包んだ騎士たちが、かけ声をあげながら青々とした芝生の上で剣を振りかざしていた。

アンザム家は、騎士だったソフィアの曾祖父が戦いで手柄を立てたことにより、獅子王から爵位をを与えられた家系だ。そんな曾祖父を慕ってアンザム家には血気盛んな騎士が集うようになり、時代を経るに従って騎士団は着々と力をつけていった。リアムが騎士団長に就いた頃からは、ロイセン王国内でも指折りの精鋭部隊と噂されている。

ソフィアは木に白馬を繋ぐと、訓練中の騎士団の方へと歩み寄る。団員たちはふたりずつ対になり、剣の腕を競い合っている最中だった。

そんな騎士たちを岩陰から数人の娘たちが眺めている。生成りの頭巾《ずきん》を被った彼女たちは、おそらくこの辺りに住む平民の娘だろう。

騎士は、庶民の娘に人気がある。農民や商人よりも、騎士と結婚するほうが箔《はく》がつくからだ。

ソフィアは肩にかけていた大判の水色のショールを頭から被り、目立たないように娘たちの背後に紛れた。きゃっきゃと色めき立っている娘たちは剣を振りかざす若い騎士たちに夢中で、ソフィアの存在には気づいていないようだった。

「見て、リアム様よ」

誰かの声に、ソフィアは耳をそば立てる。

「ああ、今日もなんて見目麗しいの」

「サイラス様と決闘なさるようね」

娘たちの視線を追うと、訓練に励む騎士たちの中ほどで、リアムとサイラスが向かい合っていた。

リアムは、黒衣の団服を脱ぎシャツ一枚で剣を構えている。暑いのかボタンが外され、鍛え上げられた胸板が覗いていた。鋭い瞳でサイラスを見据え、じりじりと間合いを詰めているところだ。

リアムの剣が空を切る。疾風に煽られ、鳶色の髪が揺れた。

キン、という威勢のいい音を響かせ、ぶつかり合うリアムとサイラスの剣。額に汗を滲ませたリアムはひとつ息を吐くと、剣を振り払い身を翻した。

ソフィアは、まるで吸い込まれるようにリアムを見つめていた。

剣を振り上げる腕は力強く、動きは華麗で、敵の動きを追う瞳は時折猛獣のように猟奇的に変化する。

（あんなに、たくましかったかしら……）

数日会わなかっただけでリアムを遠くに感じ、奇妙な寂しさが込み上げてきた。

「ああ、本当にお美しい。おまけになんてお強いの。あんなお方が恋人だったら、どんなに素敵でしょう」

娘のひとりがうっとりと語った。すると、別の娘が反論する。

「だけど、ものすごく厳しい方らしいわよ。この間、騎士を叱りつけているのを見かけたし……。恋人にするには、恐ろしいわ」

「騎士に対してだけじゃないわ。リアム様を慕っていた粉引き屋のドーラが話しかけたことがあるみたいなんだけど、睨まれて無視されたようよ。ドーラは、すごく泣いていたわ。きっと、誰に対しても冷たいお方なのよ」

娘たちは、今度は怯えたような視線をリアムに投げかけた。

「美しくても冷たい方は、ちょっとね……。やはり恋人にするなら、優しい人がいいわ」

娘たちの話し声を耳にしながら、ソフィアは心の中で憤慨していた。

（本当のリアムは、冷たくなんかないわ）

リアムは強いだけでなく、内に秘めた優しさと聡明《そうめい》さを持っている。だから、若くして騎士団長にまで昇りつめることができたのだ。

いつしかソフィアは、幼い頃の出来事を思い出していた。

――あれは、剣の腕を見込まれたリアムが、本格的に騎士として認められた十三歳の頃のことだった。

アンザム邸で開かれた夜会の際、来客のダイヤモンドのネックレスが紛失した。それがリアムの服の中から見つかり、厳重な処罰が決まった。

ソフィアは、当時の騎士団長に必死に抗議した。

『リアムはそんなことしないわ……！』

『ですがお嬢様、紛れもない事実なのでございます』

結果としてリアムは七日間地下牢《ちかろう》に監禁され、毎日鞭《むち》を浴びせられることになる。

当然、ソフィアがリアムに近づくことも禁止された。

『リアム、リアム……！』

リアムに会いたくて、ソフィアは夜中に部屋をこっそり抜け出し地下牢に向かった。

鞭を浴びせられたリアムは背中に傷を負い、冷たい床にぐったりと横たわっていた。

その姿を見て、ソフィアは鉄格子を掴《つか》みながら、こらえきれずに泣き出してしまう。

『ソフィア様、このようなところに来てはなりません』

放ったらかしにされている背中の傷が痛むはずなのに、リアムは苦しげな表情ひとつ見せなかった。

『リアム、どうして？　どうしてあなたがこんな目に遭うの？』

『それは、悪いことをしたからでございます』

『でも私には分かるの。あなたは宝石なんか盗んでない。そうでしょ？』

ソフィアの問いには答えず、リアムはただソフィアを見つめるだけだった。それ以上なにも話してくれそうもなく、いたたまれなくなったソフィアは鉄格子の隙間から手を差し出す。ふたりの絆の証である、傷痕のある右手だ。

優しく握り返すリアムの手はあたたかく、ソフィアの胸に哀しいほどの安らぎをくれた。

そしてその晩、護衛に見つかり引き離されるまで、ふたりは鉄格子越しに手を繋ぎ合って眠った。

リアムの身の潔白が証明されたのは、翌日のことだった。とある農家出の騎士が、自分が真犯人だと告白したのだ。

　事のあらましは、こうだった。

　その騎士は人々の目を盗み、晩餐会の際に客人のネックレスを自分の懐に入れた。だがネックレスの持ち主である客人がすぐに気づき、騒ぎ出してしまった。早急に使用人全員の身体チェックが行われることになってしまい、万事休すかと怯えていたが、いざ検査の段階になると彼の体から忽然《こつぜん》とネックレスが消えていたのだという。

　その上、ネックレスはなぜかリアムの懐から見つかった。

『リアムは私を庇《かば》うため、わざとネックレスを自分の懐に忍ばせたのです。身体を調べられると分かった時、青ざめていた私を見て心配していましたから、助けようとしたのでしょう』

　騎士は自ら騎士団を辞め、故郷の家に帰って行った。

　その話を聞きつけたソフィアは、理解できずにリアムに詰め寄った。無実の罪で自ら望んで罰を受けるなど、そんなバカげたことがあるだろうか。

『リアム、どうして泥棒を庇ったりしたの？』

　するとリアムは、『悪いのはあの男ではありません』と答えるのだった。

『あの男の家は貧しいうえに家族が多く、おまけに母親が病気で薬代に困っていました。そのためダイヤを盗み、母親を救おうとしたのです。悪いのは、あの男を貧困に追い込んだ、この国でございます』

リアムの鋭い眼差しに、ソフィアは返す言葉を失う。

『あの男を救えなかった自分が情けない』

リアムが、悔しそうに歯を食いしばる。そしてどんなに鞭で打たれようと泣かなかった彼が、男の境遇を憐れんで静かに涙を流した。

その時ソフィアは、わずか十三歳のその少年の、奥深い優しさと聡明さを知ったのだ——。

リアムが振り上げた剣がサイラスの頭上をかすめ、サイラスは体のバランスを大きく崩す。

「リアム様、降参でございます」

サイラスがリアムにひれ伏せば、見物中の娘たちから黄色い歓声があがった。

息をきらしたリアムは剣を鞘《さや》にしまうと、手の甲で顎に滴り落ちた汗をぬぐう。流れた視線が、ふとソフィアを捕らえた。

「見て。こちらにいらっしゃるわ……！」

自分たちの方へと近づいてくるリアムに、群がっていた娘たちが色めき立った。ところが……。

「そこをどけろ」

リアムは娘たちの前で足を止め、不機嫌そうな声を出す。

「ひっ」と娘たちは怯えた声をあげ、逃げるように道を開けた。

怖がっている娘たちには一目もくれず、リアムはまっすぐにソフィアのもとへと歩むと、目の前で片膝をつき目に穏やかな色を浮かべる。

「ソフィア様。いらっしゃっていたのですね」

ショールをかぶり娘たちの後ろに隠れていたので、まさか気づかれるとは思わなかった。驚くと同時に、見つけてくれた喜びがソフィアの胸に込み上げる。

「……ええ。どうしようもなく、あなたに会いたくて」

右手を伸ばし、リアムの頬に触れる。

伏せられた睫毛《まつげ》が瞬き、深海のように青い瞳が蠱惑的《こわくてき》にソフィアを見上げた。

訓練が終わると、リアムはソフィアをいつもの湖畔に連れて行った。草原に座り、ふたりで澄んだ湖を見つめる。

真昼の日差しが水面を照りつけ、キラキラと輝いている。黄金色の光の中で、二匹のトンボが戯れながら飛んでいた。

「カダール王国のニール王太子に婚約を申し込まれたの」

そう告げれば、微かに体を揺らしたあとでリアムがこちらを見る気配がした。前を向いたまま、ソフィアは言葉を続ける。

「でも、お受けしようかどうか迷っているの」

長い沈黙が訪れた。風に水面がさざめく音だけが、サラサラと漂う。

「……なぜですか?」

「怖いの、彼が」

うつむき加減に、ソフィアは答える。

「……怖い?」

「彼の手が私の肌に触れただけで、逃げたくなるの」

しばらくの沈黙。やっとのことで返ってきたのは、聞いたこともないほどに低いリアムの声だった。

「肌に、触れる……?」

冷たさを孕んだ声色に導かれるようにしてリアムの方を向けば、自分を凝視している青い瞳と目が合う。整った顔立ちのせいか、リアムが真顔になると凄味が増す。

「ええ」とソフィアは頷いた。ニールに触れられた時の記憶が、ソフィアの頭にさめざめと蘇る。幼い頃から繰り返しともに時間を過ごしてきたリアムなら、ソフィアのこの恐怖心を理解してくれるのではないかと思った。

「こうして額を滑って、頬を落ち、首筋、そして鎖骨の下……。そうやって順に触られたわ。触られている間、ずっと逃げ出したかった。そんな気持ちで結婚なんてできる？」

リアムはなにも答えなかった。その代わり、わずかに瞳を伏せたあとそっとソフィアの顔に手を伸ばす。

指先がソフィアの額に触れた。やがて降りてきたそれはスルリと頬を撫でると、白い首筋を這《は》い、鎖骨を滑った。

「こんなふうにですか……？」

「ええ、そうよ」

ソフィアは目を閉じた。まるで穏やかな春の光が、ソフィアの体に浸透していくようだった。ニールに触れられた時とは違い、いつまでもこうしていたいと思えるほど心地がよい。触れている相手が、知己の友であるリアムだからだろう。

やめないでほしい。そうは思っても、しばらくするとリアムの手はソフィアの肌から離れていく。

目を開ければ、先ほどよりも距離が近いせいか、リアムの苦しげな眼差しが鮮明に視界に映った。

(分かったわ。どうして、こんなにも婚約にためらっているのか)

ニールが怖いだけではない。ソフィアは、自分に忠実なこの騎士と離れたくないのだ。おそらく、リアムもそう思っているに違いない。

だが、戦争が近づいている今、騎士団長であるリアムを連れてカダール王国に嫁ぐのは気が引ける。リアムの力は、この国の大きな助けとなるからだ。

(でも、私たちは一心同体よ)

ソフィアは、まるで引き寄せられるようにリアムの方へと手を伸ばした。

リアムは頭を垂れ、当然のごとくソフィアの右手の傷痕に唇を寄せる。

いつもより、長めのキス。手の甲を介して伝わる柔らかな感触に、ソフィアの胸の奥から行き場のない切なさが込み上げた。

キスの手ほどき

緑に溢れたリルベに、いよいよ本格的な夏が来た。

日差しに構わず外に出たがるソフィアに、アニータはいつも愚痴をこぼしていた。

「ソフィア様、日焼けは美容の天敵です。夏の間は外出をお控えしてくださいい。それか、せめて万全に対策をされてからお出になられてください」

アニータがうるさいので、ソフィアはしぶしぶ日傘を手にして出かけるようにしている。

リルベの夏は、美しい。青々と生い茂った広野は青空に映え、蝶やトンボが優雅に飛び交う。太陽の光を受けて黄金色に光る湖には、真っ白な睡蓮が花開き水面を漂っている。

世界がこんなに輝いているのに、ソフィアは邸の中でじっとしていることなどできなかった。幼い頃から毎年そうしているように、時にはリアムを誘い夏の日差しの中を一緒に歩く。

そんなソフィアに、母のマリアはしびれを切らしていた。ニールから婚約の申し入れがあって数日が経つが、ソフィアがいまだ返事をしようとしないからだ。

ソフィアにしろ、このままではよくないのは知っている。カダール王国の王太子を待たせることが失礼なことも、これ以上の良縁などもうないであろうことも。

それでも、気の迷いからはっきりとは決断が下せずにいた。

だが、婚約の返事を出し渋って一週間目のある夕方、事態は急展開を迎える。政務を終え王宮から帰宅したばかりの父アンザム卿が、突然倒れたのだ。馬車を降り、玄関ホールに入った直後の出来事だった。

アンザム邸は、一時混乱状態に陥った。すぐにかかりつけの医者が呼ばれ事なきを得たものの、ソフィアはアニータから衝撃の真実を伝えられることとなる。

「ご主人様は、しばらく前から病を患っておられたのです」

アニータの言葉を受けて、ソフィアは自室の椅子に力なく腰を落とした。

「病……？　なんのご病気なの？」

「肺の病だとおっしゃっていました。薬で容態を落ち着かせているものの、お医者様からはもって十年と言われているそうです」

「十年……」

ソフィアは、奈落の底に突き落とされたかのような心地になる。息が苦しくなり、座っているのもやっとだった。

（あの優しいお父様が、あと十年しか生きられないというの……？）

「このことは、薬の受け取りをしていた使用人しか知らなかったことです。ご主人様に、ライアン様とソフィア様だけには絶対に言うなと指示されておりましたので……。おそらく奥様もご存じなかったのではないでしょうか。ご主人様はあの通り、とても思いやりの深い方ですので……」

ソフィアはキシキシと痛む胸を押さえ、呆然《ぼうぜん》と宙を見やった。

目の前が真っ白だ。父の穏やかな笑顔と、頭をポンと撫でるあたたかな手の感触を幾度も思い出してしまう。

「きっと、度重なるご政務で心身疲れ果ててしまわれたのでしょう」

アニータは洟《はな》をすすると、目に浮かんだ涙をぬぐった。

（いいえ。きっと、政務のせいではないわ。私のせいよ……）

ショックのあまり、ソフィアは返す言葉がない。

辺境であるリルベと、隣国カダール王国には切っても切れない縁がある。それなのに、失礼に値することを承知で、ソフィアは王太子であるニールにいまだ婚約の申し入れの返事をしていない。ソフィアの前ではそんな素振りは見せなかったが、辺境伯である父の心労は計り知れないものだっただろう。

「ご主人様はソフィア様を自由にしてくださっていますが、本当は誰よりもソフィア様の結婚を心待ちにしておられるのです」

追い打ちをかけるように、アニータが言った。

ソフィアは震える口もとを押さえた。自分がどれほど身勝手で軽率な行動をとっていたのか、思い知ったからだ。

強引にソフィアを求めるニールに対する恐怖心と、リアムと離れ離れになってしまう不安感。そんなソフィアの心情など、父の命を前にすれば取るに足りないものだ。

貴族の娘にとって、顔も知らない相手との政略結婚は当たり前のことだ。多くの令嬢が生家を守るため、自分の気持ちに蓋をし、好きでもない男のところに嫁いでいく。

そんな世界に身を置きながら、自分はなんとあさましい考えを持っていたのか。結果として、大好きなお父様に苦しい思いをさせてしまった。

椅子に座ったまま、ソフィアはハラハラと涙を流した。

（お父様を苦しませたままお別れだなんて、絶対に嫌だわ）

「ソフィア様……」

神妙な顔をしたアニータが、泣いているソフィアの肩をそっと撫でてくれた。

「決めたわ、アニータ。私、ニール殿下との婚約をお受けする」

ソフィアの凛《りん》とした声が、静まり返った部屋に落ちる。背筋を伸ばし前を見据えるソフィアに、もう迷いはなかった。

マリアは、ニールとの婚約を受けるというソフィアの返事を聞くなり、泣いて喜んだ。

「ありがとう、ソフィア」

夫であるアンザム卿の病を知り、見るからに憔悴《しょうすい》しきっていたマリアは、ソフィアを何度もきつく抱きしめた。

母のぬくもりを肌で感じながら、ソフィアは自分の決断が正しかったことを確信する。

「お母様、ご心配をおかけして申し訳ございませんでした」

「分かってくれればいいのよ。お父様も喜んでくれますわ」

容態は回復したものの、しばらくの間医者に安静を言い渡されているアンザム卿は、まだ自室のベッドに横になっていた。

「おお、ソフィア」

ソフィアが部屋を訪れれば、やつれた顔でアンザム卿は笑って見せた。

「お父様、お加減はいかがですか？」

「なに、少し疲れが溜《た》まっていただけだ」

自分が重い病を患っているという真実が既に知れ渡っていることは、彼も勘づいているだろう。それでも心配をかけまいとする父に、尊敬の念が込み上げる。

「お父様。私、カダール王国のニール王太子と婚約することを決めました」

歯切れよく伝えると、アンザム卿はやや驚いたように目を見開いた。喜び半分戸惑い半分、といった顔である。

ソフィアは首を傾げた。

「お父様。喜んではくださらないのですか？」

するとアンザム卿は、慌てたように目を細めた。

「いや、もちろん嬉しい。これほど嬉しいことはないほどに。ただ……」

「ただ？」

「お前は、リアムに想いを寄せているのかと思っていたからな」

虚をつかれたソフィアは、一瞬返答に詰まる。

「まさか。リアムとは身分が違いすぎますわ」

お父様が、私たちの関係をそのように見ていただなんて。予想外のことに、ソフィアは困惑を隠せない。

「分かっておる。だがお前とリアムの間には、人の入り込めない深い絆を感じるんだ」

「その通りではございますが、それは恋愛感情ではございません」

心のままに、ソフィアははっきりと言いきった。もちろん、近しい者としての愛情は彼に感じている。だが、これは恋ではない。リアムはソフィアに忠実な騎士であり、大切な友人なのだ。

「恋愛感情ではないのか……？」

「違います。リアムは、私の下僕以外の何者でもありません」

少しの迷いも見せないソフィアの言動に、アンザム卿は押し黙った。

「もう決心したのだな」

「はい」

「そうか。それならば、なにも言うまい」

話し疲れたのか、アンザム卿はそこで咳《せ》き込んだ。

気持ち小さく感じる父の背中を撫でながら、ソフィアは心の中で再び決意を固める。

（お父様。私はお父様が安心して余生を過ごせるように、精一杯の努力をいたします）

あれほど婚約に迷っていたのに、今は嘘のように気持ちがまとまっている。

まるであの時のようだわ、とソフィアは思う。

十年前、薄暗い地下通路で息も絶え絶えに倒れている少年を目にした時、命に代えても守らなくては、と一瞬にして決意した。今の気持ちは、あの時のように芯が通っていて、揺るぎないものだった。


ソフィアの婚約成立の吉報は、当主の病で沈んでいたアンザム邸を瞬く間に明るくさせた。

輿入れに際して用意する道具や衣類などを用意するのに、母のマリアは早くも意気込んでいる。

ソフィアの毎日のお稽古事には、王太子妃になるための講釈が新たに加わった。心を決めたソフィアは、お稽古事から事あるごとに逃げ出していたのが嘘のように、真剣に打ち込むようになった。

「おお、ソフィア。婚約が決まったんだってね、おめでとう。さすが僕の妹だ」

ある日の午後。廊下で鉢合わせたライアンは、妹の婚約を心から喜んだ。しばらくの間、病に伏しているアンザム卿に代わりライアンが外交に出向いていたので、会うのは久しぶりである。

「ありがとうございます、お兄様。アンザム家の名に恥じぬよう頑張ります」

「どうした？　人が変わったように、じゃじゃ馬が消えているじゃないか。でもまあ、いい心がけだ」

そこでライアンが、ポンと掌に拳を打ちつける。

「そうだ、お前にプレゼントがあるんだった。ちょっとここで待ってろ」

ライアンはいったん自室に引き返すと、本を片手に戻ってきた。

「これをお前に贈ろう」

「なんですの？　この本は」

「『欲望の荒野』だよ」

ぱちくりと目を瞬いたソフィアの脳裏に、文学サロンで目にした挿絵が蘇る。

「……こんな本、いただけません」

汚物を手にしたかのように本を突き返すソフィアを見て、ライアンがやれやれとため息をついた。

「いや、お前は読んだほうがいい」

「だから、読まなくても大丈夫ですから……！」

呑気なんだか天然気質なんだか、ライアンも困ったものである。ライアンにもこのたび縁談の話が持ち上がっているという噂を耳にしたが、聖母のごとく寛容な女性でなければ彼には寄り添えないだろう。

しつこく本を拒もうとするソフィアに、ライアンはなぜか軽蔑の眼差しを向けてくる。

「じゃあお前、分かるのか？」

「分かるって、なんのことですか？」

「初夜に、なにをどうすればいいか」

ソフィアの陶磁器のように白い顔が、瞬発的にボンと赤らんだ。

「しょ、や……？」

「避けては通れない道なんだぞ。お前は年のわりに初心すぎる。それを読んで研究しないと、殿下に呆れられるに違いない」

生真面目な表情を浮かべるライアンを、ソフィアは口を引き結んだまま見返した。

ライアンの言っていることは、間違いではない。結婚を決意した以上、恋愛感情はなくともソフィアはニールを受け入れる必要がある。怖がって、目を逸らしてばかりはいられないのだ。

急に静かになったソフィアを見て、ライアンはへへんと満足そうな笑みを浮かべた。

「かわいい妹のために、絶版になったお気に入りの本を手放すんだ。大事にしろよ」

そして恩着せがましい捨て台詞を残すと、廊下の向こうへと遠ざかっていった。

ソフィアは、押しつけられた本を手にしたまま、その場に立ち尽くす。

私に、ニール殿下の妻が務まるのだろうか？　以前のように体に触れられても、逃げ出さずにいられるだろうか……。

不安が波のように胸に押し寄せていた。


ライアンと言葉を交わした日から数日後。ソフィアは不安な気持ちを打ち消そうと、湖畔でリアムとともに剣術の稽古に勤しんでいた。

小一時間剣を交わし合ったあとで、ようやくソフィアは腕を下ろした。

「もう、終わりにするわ……」

「かしこまりました」

目の前の騎士は、やはり汗ひとつなく涼やかな表情で剣を鞘にしまう。

ソフィアも剣を収め、束ねた髪をほどいた。腰まで伸びた蜂蜜色の毛先が宙に広がり、風になびく。

リアムはソフィアのシャツを脱がせると、いつものように布で肌に浮かんだ汗を拭きはじめた。耳の後ろを滑った布がうなじを這う。

カダール王国への輿入れを決めた今、こうしてリアムと過ごせる日々もあとわずかだろう。

草原に座り込むソフィアの胸に、寂しさが込み上げる。だが、ソフィアはもう決めたのだ。早いうちに、リアムには別れを告げなくてはならない。

「……リアム。剣術のお稽古は、今日で終わりにしようと思うの。だから、剣と服を返すわ」

リアムが、手の動きを止めた。

「なぜですか?」

「淑女のすることではないからよ。馬に乗ることも、剣術に勤しむことも、こうやって日に肌をさらすことも」

自嘲気味に微笑んだソフィアは、背後にいるリアムを振り返る。布を手にしたまま、体の動きを止めているリアムと目が合った。

「私、ニール王太子との婚約をお受けしたの。アンザム家の名に恥じないよう、これからは分をわきまえて行動するわ」

そう告げると、リアムの瞳が揺らいだ。押し黙ったまま、ソフィアを切なげに見つめ続けている。

リアムの悲しげな表情を目の当たりにして、ソフィアは胸がぎゅっと苦しくなった。

すると、リアムが思いがけないことを口にする。

「俺も、お供いたします」

驚いたソフィアは、弾かれたようにリアムの方へ体の向きを変えた。

「なにを言ってるの？　騎士団長のあなたがリルベを離れられるわけがないでしょう？」

「サイラスがいます。俺の代わりにサイラスが騎士団長になればいい」

「そんなこと……許されるわけがないじゃない」

リアムがいるかいないかで、騎士団の力は大きく変わる。特にハイデル王国との関係が緊迫している今、ロイセン王国にとって彼の存在は貴重だ。

ソフィアの戸惑いを蹴散らすように、リアムはまっすぐ彼女を見つめた。そして、迷いのない声で言い放つ。

「ソフィア様。俺が忠誠を誓ったのは、ロイセン王国でも、リルベの地でも、アンザム辺境伯でもありません。あなただけです。あなたが行くところなら、どこまでもついて行く」

リアムの言葉は、ソフィアの胸の奥を震わせた。

リアムを手放したくはなかった。でも、手放すしか方法がないと思っていた。ところがリアムは自ら騎士団長の座を捨てソフィアについて行くという。

「ありがとう、リアム……」

(私の不安な心の中を見抜いてくれたのね)

手を伸ばし、リアムの頰に触れる。湖畔で見つめ合うふたりのもとに、風がリルベの夏の香りを運ぶ。

この十年、ふたりはこの場所で幾度もともに過ごした。楽しかったことも不満なことも、ソフィアはリアムにならなんでも話をすることができた。

「ねえ、リアム。あなたに頼みがあるの」

「なんでしょう」

「私に、男の扱い方を教えて」

リアムの整った顔が一瞬固まるも、ソフィアは構わず先を続けた。

「お兄様に言われたの。王太子妃になるには私は未熟すぎるって。それから、男と女の情事を書いた本を渡された。ようやく読んだわ。そして……男と女が、初夜になにをするのかを初めて詳しく知ったの」

思い出しただけでも顔が熱くなる。出版禁止になるのも頷けるくらい、ライアンのくれた本にはそのことが綿密に書かれていた。キスも、肌に触れることも、その先も。

「私、不安なの。あんなことができるか……。だって、殿下の手が体に触れただけで怖かったのに、その先まで受け入れることなど到底できない」

震え声で顔を上げれば、リアムの鋭い瞳と視線がぶつかる。リアムは、そのバランスの取れた顔立ちも手伝って、時々身震いするほどに精悍な顔つきになる。

「……まずはなにをすると書いてあったのですか？」

「まずは、キスよ」

男と女が唇を重ね合っていた挿絵を思い起こす。

ソフィアにはもちろん、キスの経験はない。唯一の経験は、リアムが忠誠を誓う時にしてくれる手の甲への口づけくらいだ。

「他人と唇を合わせるなんて、考えただけで怖くなる。でも、練習しておけば大丈夫かもしれない。あなたなら教えてくれるでしょ？　今までだって、貴族の娘が学べない、いろいろなことを教えてくれたじゃない」

懇願するようにリアムを見つめれば、リアムは表情を崩した。冷酷な騎士団長が、ソフィアだけに見せる顔だ。そして優しい手つきでソフィアの耳の下に手を添えると、ゆっくりと顔を近づけてきた。

リアムの影で視界が狭まると、彼の吐息とともに柔らかい感触が額に落ちてくる。

額へのキスは、まるで風にさざめく緑葉に撫でられるようにくすぐったかった。幼い頃のじゃれ合いを思い出し、ソフィアがわずかに口もとを綻ばせれば、今度はこめかみにキスが落ちてきた。

「……怖いですか?」

かすれた声が、ソフィアの耳もとで鳴る。いつもよりもずっと、甘い声だった。

「いいえ、怖くないわ」

リアムの唇が触れた部分が熱を持ち、全身にぬくもりが行き渡るようだ。怖いどころか、いつまでも身を委ねていたいほどに心地がいい。耳もとを離れたリアムの唇が正面へと移動していくと、ソフィアは無意識のうちに目を閉じていた。

「ソフィア様……」

唇と唇が触れ合う寸前のところで、聞こえるか聞こえないかの声量でリアムが囁く。もの悲しい声音が体の奥にジンと響いた直後、ソフィアの唇にリアムの唇が重なった。

短いキスのあとで目を開ければ、ひたむきに自分を見つめるブルーの瞳がソフィアを魅了する。

「怖かったですか？」

もう一度問われ、ソフィアは緩やかにかぶりを振った。

「怖くなんてないわ。リアムとなら」

その瞬間、目の前の勇猛な騎士の瞳ににわかに炎が宿った。

伸ばされた手が後頭部に触れ、今度はやや強引に唇を重ねられる。角度を変えて幾度も落とされるキスは執拗《しつよう》で、ソフィアは軽い息苦しさを覚えた。

「ん……っ」

思わず声を漏らせば、さらにぐっと体を引き寄せられ舌を割り入れられる。

感じたことのない熱が下腹部に湧いてきて、どうしたらいいか分からず、ソフィアはリアムの背中にすがりついた。

濃厚なキスを存分に施したあと、ようやくリアムは唇を離してくれた。ソフィアの唇と触れ合ったばかりの唇が、艶っぽく水気を帯びている。気持ち冷めやらぬまま、恍惚《こうこつ》とした気分でソフィアはそれを見つめていた。

「どうでしたか？」

リアムの体温が離れていくのを、名残惜しく感じるのはなぜだろう。

キスをする前とは違って、心も体もなにかが足りない。

「……平気だったわ」

呆然としたままそう答えれば、青々とした草原の中で、リアムは目を細めて寂しげに笑った。

忍び寄る魔の手

ニールとの婚約が正式に決まり、婚礼までの期間を、ソフィアは花嫁修業も兼ねてカダール王国で過ごすことになった。

ソフィアについて行くというリアムの要望は、アンザム邸を混乱させた。騎士団長を辞めてまで嫁ぐ令嬢の護衛をするなど、前代未聞だからだ。

だが、最終的に許可を与えたのは、他でもない当主のアンザム卿だった。

「リアムがソフィアについていれば、私も安心だ」

そう言って優しい笑みを向けてくれたアンザム卿は、やはりどこまでもソフィアのよき理解者だ。

新しい騎士団長には、サイラスが就くことになった。

出発の日。ソフィアとリアムが乗る馬車の前で、アンザム邸の一同が並んでふたりを見送った。

「お嬢様、お元気で……」

一番泣いていたのは、アニータだった。ソフィアは本当はアニータも連れて行きたかったが、アニータは薬屋を営む老齢の両親が近くに住んでいる。だから配慮して、アンザム邸に残すことにした。

「戻ってきちゃ駄目ですよ。戻ってきてほしいけど、戻ってきちゃ駄目ですから……」

顔が涙と鼻水でぐちゃぐちゃになっているアニータを、ソフィアは思いきり抱きしめた。

「アニータ、元気でね……」

「うう、お嬢様……」

アンザム卿に母のマリア、そして兄のライアン。皆がソフィアとの別れを惜しみながらも、表情は晴れ晴れとしていた。しかし、ひとり優れない者がいる。新しい騎士団長のサイラスだった。

「サイラス、頼んだぞ」

「……はい」

リアムの声にも、サイラスは重々しい返事をするだけだった。

リアムがソフィアについて行くことが決まった際、忠実な部下であるサイラスはリアムに付き従うことを希望した。だがサイラス以外に騎士団長が務まりそうな者がいなかったので、断固反対されたのだ。そのことが、サイラスはいまだ納得できていないらしい。

「ソフィア、私のことは心配するな。しっかりやるのだぞ」

「はい、お父様」

最後にソフィアはアンザム卿と熱い抱擁を交わし、馬車に乗り込んだ。


夏の暑い日差しの中を馬車は走り続け、国境で一泊し、カダール王国の要塞城に辿り着いたのは翌日になってからだった。

鉄製の門扉を抜けた先にある馬車着き場には、ニール自らが従者を連れて出迎えに来ており、馬車から降りるなりソフィアの手を取った。

「ソフィア。会いたかった」

手を握られたまま妖艶な笑みを浮かべられ、ソフィアは返事に困る。

「この者はアダムだ。君の邸で開かれた夜会の際に、面識があるだろう。私の側近で、いわば片腕のような存在だ」

中年の男が帽子を取り、頭を垂れた。白髪交じりの顎ひげを生やした目の据わった男だった。ニールの片腕なだけあって、頭がきれそうだ。

「よろしくお願いいたします、次期王妃様」

「……こちらこそよろしくお願いいたします、アダム」

アダムの言葉に今さらのように自分の立場を思い知らされ、ソフィアはたじろいだ。

「私も、護衛をひとり連れて参りました」

救いを求めるように後ろを振り返れば、リアムが馬車から姿を現す。リアムを見るなり、ニールが驚いたように目をみはった。

「……君は、たしか騎士団長だと伺ったが」

「辞めて参りました。今はソフィア様の護衛にすぎません」

騎士らしく、威厳ある立ち姿で頭を垂れるリアム。

ニールはしばらく気圧《けお》されたようにリアムの動向を見守っていたが、やがて一国の王太子らしい余裕に満ちた笑みを浮かべた。

「そうか。それは我が国にとっても、心強い。たしか、リアムと言ったな。ソフィアの護衛を務める傍ら、我が城の部隊にも顔を出してくれないか？　ちょうど剣術を教える者が辞めたばかりで、代わりを探していたんだ」

「かしこまりました。そのようにいたします」

素直な言葉とは裏腹に、リアムの眼光はいつも以上に鋭かった。身震いするほど冷たい表情のリアムを、ニールは怯むことなく見返していた。

　その日から、ソフィアのカダール城での毎日がはじまった。

　ソフィアに与えられたのは、ニールの母であるマリアンヌ王妃の隣室だった。王太子妃見習いとして、一日の大半を王妃と一緒に過ごさなければいけない。

　マリアンヌ王妃は齢四十を超えているはずだが、年齢よりも若く見える色白の美人だった。緩くウェーブした銀色の髪が、彼女の自慢だ。いつもニコニコとして人当たりがよく、人を疑うことを知らない世間知らずな一面もある。

　一方で、使用人をはじめ誰にでも分け隔てなく接するので、皆に愛されている。もちろんソフィアにも優しく、母親というより姉のように親しみを込めて関わってくれた。

　ニールの父親であるカダール王は、マリアンヌ王妃とは真逆だった。厳格で隙のない人物で、王が現れると場に緊張が走る。だが頭脳明晰で政務の実力もあり、皆に信頼されていた。

　ロイセン王国やハイデル王国のように争いを繰り返すことなく、カダール王国が平和を保っているのは、カダール王の腕力によるものも大きいだろう。

　ソフィアの一日は、早朝からはじまる。朝食を食べ、国王一家とともに城の三階にある礼拝堂でお祈りを済ませると、まずは勉強が待っていた。カダール王国の歴史や、式典でのマナーなど、王太子妃として知っておかねばならないことを事細かく教わる。

それが済むと、マリアンヌ王妃とのティータイムだった。ティータイムは、決まってマリアンヌ王妃お気に入りのティールームで行われる。一階の中庭に面したルーフテラスで、花を愛でながら王妃の朗らかなおしゃべりに相槌《あいづち》を打つのがソフィアの仕事だった。

政務に追われているニールとは日中ほとんど会うことがなかったが、時間を見つけてはソフィアの様子を見に来てくれた。

問題は、昼食の終わった午後からだ。マリアンヌ王妃は戯曲を見に行ったり、ソフィアを連れて買い物に行ったりすることもあるのだが、外出の予定がない日は決まってティールームでサロンを開催した。

本来は詩の朗読を目的としたサロンなのだが、例によって暇を持て余した貴婦人たちのおしゃべりタイムになるのが常だった。ソフィアは次期王太子妃として事あるごとに意見を求められるのだが、いまだ心の中では婚約を受け入れることができないでいるので、どう振る舞えばよいのか分からなくなる。

そのサロンに、晩餐会でソフィアのドレスを踏んだクラスタ家のリディア嬢が、毎回のように参加していた。

リディア嬢の父親は、カダール王国の公爵で、この国の執務官も担っている。そのため、リディア嬢は幼い頃からニールやマリアンヌ王妃とも親交が深いようだった。そして、ニールの婚約者の立場におさまったソフィアのことを相当恨んでいるらしく、存在を認めないかのようにきつく当たってきた。

サロンで同席するたびにイライラとした表情を浮かべ、時にはわざと肩をぶつけてくることもあった。またある時はソフィアの方に視線を向けながら他の令嬢と耳打ちし合い、クスクスと小バカにしたような笑い声を漏らすこともあった。

ソフィアはいい気分ではなかったが、ここで露骨に怒りを露わにすれば、サロンの主催者であるマリアンヌ王妃に迷惑をかけてしまう。だから、じっと耐えるのだった。

当初の予定と違って、ソフィアがリアムに会う機会はほとんどなかった。ニールが言っていたように、部隊に顔を出すどころか、騎士の館で寝泊まりをし一日のほとんどを一員として過ごしている。上からの命令なのかリアムも抗えないようで、ソフィアは不服だった。

彼がソフィアの護衛を務めるのは、外出の時だけだ。けれども外出時は決まってマリアンヌ王妃が一緒だったので、ソフィアは思うようにリアムに甘えることはできなかった。時折絡み合う視線で、彼との繋がりを確認する。そうやって、ソフィアはつらい日々をどうにか乗り越えることができた。


カダール城に来て、十日が過ぎた頃。

いつものように、ティールームではサロンが行われた。総勢十名の令嬢や貴婦人が白亜の円形テーブルの周りに腰かけ、タルトやマフィンなどの茶菓子とともにおしゃべりに興じる。

壁一面にアーチ形のガラス扉が連なるティールームは日が燦々《さんさん》と降り注ぎ、中庭に生い茂る木々が、揺れ動くシルエットをテーブルに落としていた。

途中で、来客のあったマリアンヌ王妃が席を外す。すると、待ってましたと言わんばかりにリディア嬢が話をはじめた。

「そういえば、ニール殿下は外交のため、ここしばらく外泊されているらしいですわね」

「まあ、そうですの？　あの外出嫌いの殿下がそんなにも長くお出になるなんて珍しいですわね。帰りたくない理由でもおありになるのかしら。どれくらい外泊されているの？」

「ソフィア様がこの城に来られて間もなくでしたから、ちょうど一週間くらいですわ」

リディア嬢の声高な反応に、周りの貴婦人たちがざわつき出す。

一番端の席に座り、黙って耳をすましていたソフィアは、嫌な予感しかしない。

「このたびのご婚約は、いわば外交策の一環。実のところ、殿下は乗り気ではないのかもしれませんわ。なかなかご結婚をなさろうとしなかったのも、殿下が自由恋愛主義を尊重されているからと伺っていましたし」

ティーカップを片手にザワザワと囁き合う婦人たちが、ソフィアに気の毒そうな視線を投げかける。

「それで、婚約者であるソフィア様から逃げられているのね」

「結婚したら、すぐにお妾《めかけ》でも見繕うつもりなのでしょう」

「もしかすると、ロイセン王国の辺境伯令嬢の立場を利用して、ソフィア様がしつこく言い寄られたのでは？」

ヒソヒソと繰り返される根も葉もない噂話が、容赦なくソフィアの耳に飛び込んでくる。

胸にわだかまりを抱えながらも、ソフィアはひとり黙ってティーカップに口を添えていた。

ロイセン王国とハイデル王国の緊迫情勢は、ロイセン王国と密な関係にあるカダール王国にとっても他人事ではない。度重なる会議のためしばらくはロイセン城に滞在すると、ニールは出発前、ソフィアに言い残していた。

カダール王国は、情勢の緊迫しているロイセン王国とハイデル王国の国境からは距離がある。そのため両国が戦争に突入しかけていることなど、貴婦人たちは知る由もないらしい。

だがリディア嬢の目の敵にされている以上、なにを言っても非難の矛先は自分に向くだろうと判断し、ソフィアはあえて反論はしなかった。

するとその態度すら気に入らなかったのか、リディア嬢が優雅に扇子を煽ぎながらソフィアに非難を浴びせる。

「ソフィア様は、随分静かな方なのですね。そんなご様子でしたら、いつまでたっても殿下のご寵愛《ちょうあい》はいただけなくてよ？　自由主義の殿下は、きっとユニークで一緒にいて楽しいと思える女性がお好きでしょうから。殿下を喜ばせるためにも、少しは努力なさったら？」

リディア嬢のいびりに賛同するように、クスクスという笑い声が湧いた。

カチンときたソフィアはカップをソーサーに置くと、リディア嬢を一瞥《いちべつ》し物静かに語り出す。

「昔、犬を飼っていましたの。レイといって、とても賢いシェパードでしたわ」

脈絡のない返しにリディア嬢は眉間に皺を寄せたが、構わずソフィアは続ける。

「時々我が家に来られる伯爵夫人も、犬を飼われていましたの。マロンという名前の、白くてかわいらしい犬でした。よく吠《ほ》える犬で、レイを見ると唸り声をあげ今にも飛びつこうとするのです。一方のレイは、吠えもせずに耳を垂れじっとマロンを見ているだけ。幼い私は、レイがマロンを怖がっているのかと思っておりました」

部屋中の婦人たちの視線が、ソフィアに注がれている。

「ある時、マロンの飼い主である伯爵夫人が、あやまって手綱を離してしまいましたの。私はレイが噛みつかれると思って怯えましたわ。ですがマロンはレイから距離をとり、今までの威勢のいい唸りが嘘のように震え出したのです。その時、私は気づいたのです。マロンはレイに敵わぬことを知り、ただ虚勢を張ってギャンギャン喚いていただけだということに」

リディア嬢のこめかみがヒクヒクと痙攣《けいれん》しているのが、遠目からでも分かった。ソフィアがなにを言わんとしているのか気づいたのだろう。

「ああいうのを、『負け犬の遠吠え』と言うのですってね。兄に教えてもらいましたわ。兄は、人間も同じようなことをするのだと申しておりました」

クスクスという笑い声が再び部屋中を行き交った。しかし、先ほどとは笑いの矛先が違う。

「大人しそうに見えて、ソフィア様もなかなかおっしゃいますわね。ご覧になって、リディア様のあの悔しそうなお顔」

「ユニークな言い回しですわ。殿下も、ソフィア様のああいうところをお気に召したのかもしれませんわね」

ちょうどそこでマリアンヌ王妃が部屋に戻り、ざわついていた貴婦人たちは声を静めた。

「随分お待たせしてしまって、ごめんなさい。ただ今戻りましたわ」

なにも知らない王妃の無垢《むく》な笑顔が、張り詰めた部屋の空気を和ませる。

「王妃様。王妃様のお好きなマカロンが、そろそろ焼き上がる頃だと思います。持ってくるようにお願いしてきますわ」

「ソフィア、ありがとう。気が利くのね」

ソフィアは席を立ち、優雅な足取りで入り口に向かう。ものすごい顔つきで歯を食いしばっているリディア嬢が視界に入ったが、見て見ないふりをした。

（ああ、恐ろしかったわ……）

その夜、自室のバルコニーから外を眺めながらソフィアはサロンでの出来事を思い出していた。

ソフィアは人と諍《いさか》いを起こすようなタイプの人間ではない。だが納得のいかない場面に出くわした時、火がついたように攻撃的な自分が顔を出すのだ。この気質は、おそらく気の強い母のマリア譲りだろう。

（でも、すっきりした）

シルクのネグリジェ姿で、バルコニーの欄干に寄りかかる。ソフィアの部屋からは、この国の特産である製糸業を支える広大な桑畑が一望できた。

漆黒の夜空には星が瞬き、夏の夜風に雲が流れている。黄金色の満月が雲に見え隠れする様は、まるで戯詩の一場面のように美しい。

カダール王国に来てから、ずっと慣れない生活と理不尽な非難の目に耐えてきた。

十日目にしてようやく自分らしさが出せたというのに、今さらのように寂しさが込み上げる。

口うるさい母も、優しい父も、姉のように頼れるアニータもいない。同じ城の中にいるとはいえ、リアムにもほとんど会えない。

「今頃、なにをしているのかしら」

右手の傷痕を撫で、唯一無二の頼もしい騎士を思う。

(明日、こっそり騎士の館まで会いに行ってみようかしら)

そう考えたところで、部屋のドアをノックする音が聞こえた。

「ソフィア、入るぞ」

それは、ニールの声だった。慌てたソフィアがバルコニーから部屋に戻ろうとするよりも早く、ドアが開く。濃紺の軍服を着たニールが後ろ手にドアを閉め、バルコニーにいるソフィアに視線を向けた。

「そのままそこにいろ。私がそちらまで行く」

黒のロングブーツでコツコツと大理石の床を歩むと、ニールはバルコニーに佇《たたず》むソフィアの隣で足を止めた。

「殿下、いつお戻りに……?」

「今、馬車が着いたばかりだ」

漆黒の瞳が、ソフィアを上から下まで眺め回した。たじろいだソフィアは、白のネグリジェ姿の自分の体を両手で抱きしめる。

「申し訳ございません、殿下。私、こんなはしたない格好で……」

「かまわない。むしろ、布が薄いほうが私は嬉しいけどな」

悪戯に弧を描く、ニールの口もと。軽口だとは分かっていても、そういうことを言われ慣れていないソフィアは嫌悪感を抱いてしまう。

「明日お戻りになる予定とお伺いしておりましたが」

「所用をひとつ潰して、早めに切り上げた」

部屋にふたりきりなのは、抵抗がある。早く出て行ってくださらないかしらと、ソフィアは薄情なことを考えてしまった。

「そうだったのですね。お疲れでしたら、明日のご政務に関わります。早くお休みになられたほうがよいのでは」

「つれないな。早く君に会いたくて、夜に馬車を走らせたんだ。もう少し、ここにいさせてくれ」

口調も物腰も優しいのに、やはりこの人はどこか強引だ。流されてはいけないわと、ソフィアはうつむいた。

「どうだ？　城での生活には慣れたか？」

「はい。王妃様をはじめ、とてもよくしてもらっております」

「勝手が違うから、苦労することもあるだろう」

しばらく考えたあとで、ソフィアは目を伏せたまま答えた。

「……それを承知で参りましたから」

「君は強いな。やはり私の見込んだ通りだ。儚《はかな》さの中に、強さを秘めている」

「そんな……、買いかぶりでございます」

実際は、平気などではない。リディア嬢のいびりには嫌な思いをしているし、今しがたまでやりきれない寂しさに襲われていた。ソフィアは、強くなんかない。ニールは、ソフィアのことをなにも見抜けない。

欄干に両手をかけたニールが夜空を見上げる。そして、「今宵は満月か」と呟いた。

「君に初めて会ったあの夜会の夜も、満月だったな。父上が結婚をせかすのに業を煮やして夜会に参加したはいいものの、乗り気になれなかった私はあの日バルコニーに逃げ込んだ」

昔を懐かしむように、ニールが目を細める。

ソフィアも、ニールと初めて出会ったあの晩のことを思い出していた。

バルコニーから突如現れた男を、誰が隣国の王太子と思うだろう。ニールがあんなところにいたのは、そんな理由があったらしい。

「だけど、そこで思いもよらない出会いがあった」

欄干に頬杖《ほおづえ》をつき、ニールが挑発的な眼差しをこちらに向ける。

「私と同じようにつまらなそうな顔をしてバルコニーに出てきた君は、『獅子王物語』の一節を口にした」

伸びてきた指先が毛先に触れ、ソフィアはビクッと身をすくませる。

「とても野蛮で美しい人だと思った」

「殿下……」

「この女のことなら、愛せると思ったんだ」

髪を離れたニールの指先が首に触れ、背筋が凍った。ソフィアの肌の感触を楽しむように、指先が首筋を流れていく。ニールの体が近づくにつれ、柑橘系のオーデコロンの香りが濃くなる。キスをされる予感がして、覚悟を決めたソフィアはぎゅっと目を閉じた。

怖い。でも、きっと大丈夫。リアムと練習したのだから、もう怖くはないはずだわ……。

だが、予想に反してニールはそれ以上体を近づけようとはしなかった。その代わり、首に小さな重みがかかる。

まぶたを上げたソフィアは、自分の首もとに光るシルバーのネックレスを見て、目を瞬いた。オレンジサファイアの埋め込まれた、満月型の高価そうなチャームが揺れている。

「これは……?」

「君に、土産《みやげ》だ」

月明かりの中で、ニールがうっすらと微笑んだ。

「まさか、忙しいご政務の間にわざわざお買いになられたのですか……?」

「そうだ。その宝石を見た時、君のようだと思ったんだ。君の髪の色に似ているからな。思った通りよく似合う」

優しい語り口調だった。ソフィアは唖然《あぜん》としたまま、その美しいペンダントを見つめる。

「でも、私などこんな素敵な物を贈られる立場にございません……」

「なにを言っている? 婚約者に物を贈るのは、当然の行為だろう。君は私のものだ。その証として、肌身離さずそれをつけていろ」

困惑するソフィアを戒めるように、ニールが声音を強める。今までの雰囲気から一転した厳しい口調に、ソフィアは驚き肩を揺らした。

そんなソフィアを見て、ニールが我に返ったように表情を緩める。

「すまない。こういうことに慣れていなくて。ひとりの女に寄り添いたいと思ったのは、生まれて初めてだからな」

「いいえ、大丈夫です……」

眉目秀麗《びもくしゅうれい》な見た目から恋多き男だと思い込んでいたが、どうやらそうではないらしい。一途なニールの一面を知って、ソフィアの胸に戸惑いが生まれる。

自らを落ち着かせるようにふうっと息を吐くと、ニールは再び欄干に手をかけ、眼下に広がる自分の国を見渡した。

「私は所用で忙しい。今日までのように、城を空けることもたびたびあるだろう。君のそばに寄り添いたくても、思うように寄り添えない」

ポツポツと吐き出された言葉は寂しげな空気を孕み闇に溶けていく。

「そのネックレスは、私の身代わりのようなものだ」

「殿下、ありがとうございます……」

胸の谷間で揺れるチャームに触れながら、ソフィアは困惑していた。

ソフィアがニールの婚約を受け入れたのは、いわばアンザム家のため。結婚は、自分の気持ちとは別ものと割りきるつもりだった。しかし、ニールも自分と同じだと思っていたのに、どうやら様子が違う。ニールは、心までソフィアに寄り添おうとしている。

胸で光るオレンジサファイアを、ソフィアはずっしりと重く感じた。

「困ったような顔をするな」

クスリと笑みを漏らしたニールが、手を伸ばしソフィアの顎先に触れた。指先に力を入れ、うつむくソフィアの顔を自分の方に向かせる。

「焦らなくていい。徐々に、私に心を開いてくれたらいいから」

ネックレスのチェーンを伝った指が、ペンダントトップを持ち上げた。ニールはわずかにかがむと、そのペンダントトップに口づけをする。

ソフィアが驚き目を瞬くと、ニールはソフィアを真正面から見据え、妖艶な笑みを浮かべた。吹き荒れた夜風に、中庭の木々がザワザワと音を響かせる。

「早く君に触れたいが、婚礼が終わるまで我慢することにしよう。母上の隣の部屋では、どうにも具合が悪い」

色っぽい声音が、ぞわぞわとソフィアの鼓膜をくすぐる。身の危険を感じたソフィアが頬を紅潮させると、ニールは悪戯っぽく目を細めた。

「それでは、名残惜しいが部屋に戻るとしよう」

「分かりました……」

バルコニーのアーチ扉を抜け、部屋の入り口へと向かうニールのあとを、ソフィアは複雑な気持ちのまま追いかける。

「そうだ」

ドアの前でいったん足を止めると、思い出したようにニールがソフィアを振り返った。

「来月、夜会を開くことにした。この国の要人に君を披露したくてな。母上に、夜会用のドレスを見繕ってもらうといい」

「はい、かしこまりました」

「それから君が喜ぶ特別な客人を招待しておいたから、楽しみにしておいてくれ」

ソフィアを見据え、少年じみた笑みを浮かべるニール。

「はい」とソフィアは返事をしたものの、思い当たる人物がいない。だが、今は気持ちがいっぱいでそれどころではなかった。

「では、おやすみ」

「おやすみなさいませ」

名残惜しげな視線を残し、ニールはドアの向こうに消えていった。ブーツの音が、遠ざかっていく。

体を求められなかった安堵から、ソフィアはドアの前にズルズルと座り込む。すると、ふらりとさまよった目線の先に、一枚の封筒が落ちていた。

おそらくドアの下から滑り込まされていたものが、先ほどニールが来訪した際に風で移動したのだろう。クリーム色の大理石の床と同系色だから気づかなかった。

（こんなところに置手紙だなんて。誰かしら……）

ソフィアは封筒を手に取り眺める。宛名のない簡素なものだった。やたらと厳重に封をされているのが、猜疑心《さいぎしん》を煽る。

不審に思いつつも壁際の木製テーブルに近づき、枯葉模様の刻まれた引き出しから金のペーパーナイフを取り出す。封を切れば、一枚の薄い紙が姿を現した。

そしてソフィアは、その紙に書かれた文面を目にするなり恐ろしさのあまり口もとを両手で覆った。

【故郷に帰れ、この売女《ばいた》】

その短い一文には、ソフィアに対する怒りと侮蔑と嫌悪が込められていた。

震えた手から離れた紙が、ひらりと床に舞い落ちる。

「誰がこんなひどいことを……」

思い当たる節がないこともない。リディア嬢をはじめ、ニールの婚約者であるソフィアにはこの城に出入りする者たちの中に数多の敵がいるからだ。

ソフィアは床に落ちた紙を見つめたまま、恐怖でしばらく動けないでいた。

騎士の嫉妬

翌朝、明朝の所用を終えたソフィアは、浮かない足取りで回廊を歩んでいた。

「ごきげんよう、ソフィア様」

「ソフィア様、今日もお綺麗ですわね」

うららかな朝の光に照らされた回廊には、多くの人が行き交う。

古くから仕える老年の侍女に、まだ年端もいかない少女の侍女。壮大な庭園を手入れする庭師に、調理服から甘い砂糖の香りを漂わす料理人。高慢な顔つきの副官に、愛想笑いを絶やさない王の近従。そして、サロンに出入りする貴婦人たち。

すれ違う人たちに笑顔で挨拶を返しながらも、ソフィアの心の内は落ち着かなかった。

【故郷に帰れ、この売女】

攻撃的な文面は、ソフィアの小さな胸をえぐり、いつまでも痛みを残している。疑いの目を持ってみれば、すべての人間を怪しく感じてしまう。自分を死ぬほど忌み嫌っているのかもしれないと、呼吸をするのもままならなくなる。

（しっかりするのよ、ソフィア）

自分で自分を叱咤《しった》し、ソフィアは背筋を伸ばした。

（脅しの手紙を書くくらいだから、きっと実際に手を下すつもりはないのだわ。怖がる必要なんてないのよ）

しかしどんなに言い聞かせても、不安は消えてくれない。

今すぐにでも抱きつきたいほどに、ソフィアはリアムに会いたかった。そして、安らぎをもらいたかった。この城の中でソフィアが心から信頼できるのは、リアムだけだからだ。

正午過ぎ、昼食を終えたソフィアは、食堂を出た先の回廊の中ほどで足を止めた。一時に開催されるサロンのために、なるべく早く自室に戻って髪を整えなければならないのは分かっている。部屋では、既に侍女がソフィアを待ちわびているだろう。

だが、ソフィアの足は一向に進む気配がなかった。回廊から中庭を挟んだ対面には、リアムのいる騎士の館がある。ここにいればそのうちリアムに会えないかと、どうしても期待してしまうのだ。

リアムはその腕を見込まれ、既に近衛《このえ》騎士団の副騎士団長を任されている。そのため連日訓練に明け暮れ、顔を見ることすら叶《かな》わなかった。

それに、ここでのソフィアの立場はアンザム邸にいた頃とは違う。生家では自由気ままに振る舞えていたが、王太子の婚約者である今は騎士の館に足を運ぶことも難しい。

「ソフィア様、どうかなされましたか？」

立ち往生するソフィアを不審に思ったのか、通りすがりの侍女が声をかけてきた。

「いいえ、なんでもありませんわ」

どうにか笑顔を取り繕い、ソフィアは回廊をあとにすると、自分の部屋へと続く螺《ら》旋《せん》階段を上った。

（やっぱり、会えなかった……）

残念な気持ちで、シルクの手袋をはめた右手をそっと撫でる。

螺旋階段を上り終え、アーチ型にくり抜かれた天井の廊下を歩んでいる時のことだった。廊下の先に、見覚えのある人影が見えた。

派手にレースで装飾された薄桃色のドレスに、茶褐色の髪を高く結い上げた、リディア嬢だ。サロンのために早めに来たのだろう。

リディア嬢の向かいには、壮年の男性貴族がいた。白髪交じりの灰色の髪を後ろで束ねた、細面の男だった。たしか、リディア嬢の父親であるクラスタ公爵だ。執務官を務めている彼は、城内でたびたび見かける。

ふたりの内密めいた雰囲気に違和感を覚え、ソフィアは咄嗟に柱の陰に身を隠した。

「本当に、お前にも困ったものだ。幼い頃からあれほど根回ししてやったというのに」

どうやら、クラスタ公爵がリディア嬢を叱っているようだった。あの高慢ちきなリディア嬢が嘘のように無口になっているところを見る限り、父親の権力は絶大なものらしい。

「殿下は、そもそも外交のために政略的に結婚するのは嫌だとおっしゃっていたんだ。だから、お前のほうが有利な立場にいたはずだ。それなのに、クラスタ家がより勢力を強める機会を、みすみす逃しおって……」

忌々しく吐き出すクラスタ公爵の表情は、ぞっとするほどに冷たかった。黙って父親の怒りを受け止めていたリディア嬢が、顔を上げる。

「ですが、お父様。まだ可能性は残っておりますわ」

「ほう。なにか秘策でもあるのか？」

「はい。どうか、あと少しだけお待ちください」

まるで品定めでもするように、クラスタ公爵がリディア嬢の顔をまじまじと眺めた。

「……分かった。あんな異国の小娘なんかより、お前のほうが賢いに決まっておる。

力ずくでも婚約者の立場を奪うのだぞ」

「はい、お父様」

廊下の向こうへと消えていくふたりの後ろ姿を見送りながら、ソフィアは早鐘を刻む胸を押さえた。

あのサロンでの出来事以来、リディア嬢のソフィアに対する態度は変わった。以前のようにあからさまに悪口を言ったり肩をぶつけてきたりはせず、時々恨みがましい視線を浴びせるだけだ。それが逆に気味が悪く、ソフィアは彼女に会うたびに身の毛のよだつ感覚がするのだった。

（あの手紙も、彼女が書いたものなのかしら……）

その可能性は高い。『売女』などという低俗な言葉を貴族の娘が使うとは考えにくいが、今のリディア嬢ならやりかねない。

（秘策って、なんなのかしら……）

胸がざわついて仕方ない。ソフィアはどうにか呼吸を整えると、気持ちを落ち着かせるように、もう一度手袋の上から右手の傷痕をなぞった。

その夜、ソフィアはベッドに横になったものの、なかなか寝つけずにいた。バルコニーの向こうからは、蜜柑色《みかんいろ》の月が室内に淡い光を差し込んでいる。

この城の夜は、土と甘い花の香りがする。リルべの開放的な緑とは違い、それは心を惑わせる香りだった。

不安に恐怖。様々な負の感情がソフィアの胸を支配していた。

柱時計の音ばかりが耳につく。いよいよ眠れなくなったソフィアは、起き上がると裸足のままバルコニーに出た。

夜風が、汗ばんだ肌を撫でていく。欄干に手をつき、自分の右手を月明かりにさらした。

白い肌に、薄茶色の傷痕がはっきりと浮かび上がっている。ソフィアは目を閉じ、その手に頬を寄せた。こうしているだけで、負の感情に侵食されそうな心が癒されていく気がした。

(会いたい……)

私の、唯一無二の下僕に。

『ソフィア様』

風の唸りが、どこからともなく懐かしい声を運ぶ。

リルべの湖畔でキスをする直前、リアムが囁いた声だった。あの時のもの悲しい声音が、耳の奥から離れない。たびたび、こうやって思い出してしまうほどに。

幻聴だと分かりつつも、ソフィアはまぶたを上げずにはいられなかった。だが、中庭の茂みに見覚えのある人影を見つけ、みるみる目を見開く。

闇風に揺れる、雄々しい鳶色の髪。遠くからでも人を射抜く、神秘的な青の瞳。

「リアム……？」

ソフィアはバルコニーから身を乗り出した。

見間違いではなかった。中庭の茂み、白く咲き誇るライラックの木の脇から、リアムがこちらを見上げていた。

思わず声をあげようとしたソフィアを、口もとに人差し指を当てて制すリアム。

ソフィアは急いでバルコニーをあとにすると、音をたてないように廊下に歩み出た。

窓から差し込む月明かりだけを頼りに、静まり返った夜の城を行く。

一階の回廊から中庭に歩み出れば、リアムは先ほどと同じ位置でソフィアを待っていた。

「リアム、いつからそこにいたの？」

「少し前からです。ソフィア様が俺を呼んでいる予感がしましたので」

闇風に鳶色の髪を揺らす若き騎士は、膝をつきうやうやしくソフィアの手を取った。

そして右手の傷痕に唇を寄せ、今宵もソフィアに忠誠を誓う。

リアムの唇が触れた箇所がジンと熱を持ち、ソフィアの体に生気を送り込む。緊張と不安でがんじがらめだったソフィアの心を、リアムの存在があっという間に解きほぐしてくれた。

久々に味わう安堵感に、ソフィアは泣きたくなるのを必死でこらえた。

ああ、願わくは、この幸せな夏の一夜がいつもより長く続きますように。

「リアム、来て」

ソフィアは忠実な騎士の手を取り、夜の闇に沈む庭園を奥へと進んだ。アーチをくぐり薔薇園を抜ければ、温室の前に広がる芝生広場に出る。

「一緒に、寝転びましょう」

リアムを促し、ふたり仰向けになって夜空を見上げる。

「あなたに、会いたかった」

寝転がったままソフィアがリアムに向けて柔らかく微笑むと、リアムは青い瞳を瞬いたあとで見透かすように彼女を見つめた。

「なにか、おつらいことでもあったのですか？」

やはりリアムは、言葉にせずともソフィアのことを分かってくれる。込み上げる小さな感動とともに、ソフィアは頷いた。

「差出人不明の手紙が来たの。故郷に帰るように、という内容だった。とてもひどい言葉遣いで……とても恐ろしかったわ」

思い出しただけで、身震いがする。

リアムは眉根を寄せ、真剣な顔つきになった。

「その手紙は、どうなさったのですか？」

「怖くて、捨ててしまったわ。とてもじゃないけど、持っていることなんてできなかった」

「差出人に、心当たりは？」

ソフィアの脳裏に、リディア嬢の凄んだ顔が浮かぶ。

「ないこともないけれど……。証拠はどこにもないの」

「……ニール殿下にこのことはお伝えになったのですか？」

やや間を置いて、リアムが聞いてきた。

「言っていないわ。こんな些細《ささい》なことで、多忙な殿下の心を煩わせたくないもの」

一瞬だけ、リアムが思い詰めたような顔をする。

「ねえ、リアム。私、どうしたらいい？」

真摯に問いかけるソフィアを、リアムは真顔で見つめた。吹き荒れた夜風が、ライラックの甘い芳香をふたりのもとへ運ぶ。

「なにも心配なさらなくて大丈夫です」

リアムは男らしい武骨な手を伸ばすと、風で乱れたソフィアの毛先に触れた。そして蜂蜜色の髪を指先に絡め、耳もとでバリトンの声を響かせる。

「あなたのことは、俺が命に代えてもお守りします」

それは、心の奥底に重く沈み込むような囁きだった。

不安でどうにかなりそうだったソフィアの心に、リアムの声が優しく溶けていく。

ソフィアは、常々思っている。リアムの言葉には、言霊《ことだま》が宿っているのではないかと。口数が少ないせいもあるだろう。リアムの言葉は、いつだって理屈では説明できない特別な力でソフィアの胸を動かした。だから、心から信じることができるのだ。

「ありがとう、リアム」

目を細めたリアムは、その声に答えるようにソフィアの髪を撫でた。

だが、途中でピタリと動きを止める。リアムが凝視しているのは、ソフィアの胸もとで光るオレンジサファイアのネックレスだった。

リアムの視線に気づいたソフィアが、ネックレスに触れる。

「殿下にいただいたのよ。いつも肌身離さずつけているようにって」

ソフィアは困ったように笑った。

「私はもう彼のものだから、その証だって……」

リアムの眼光が、みるみる鋭くなる。突然の彼の変化に、ソフィアの背筋がぞくりと震えた。ソフィアといる時にリアムがこんな瞳をするのは珍しい。

もしかしたら、中途半端な気持ちで婚約を承諾したソフィアを咎めているのかもしれない。

「リアム、怒っているの……？」

すると突然、なにかに押されるようにリアムが体を寄せてきた。あっと思った時には、ソフィアはリアムの腕の中に閉じ込められていた。

「リアム、どうしたの？」

リアムの体温に包まれながら、ソフィアは困惑の声をあげる。厚い胸板越しに、トクトクとリズムを刻む心音が聞こえた。

「たとえご結婚されようとも、あなたは彼のものにはなりません」

ソフィアをぎゅっと抱きしめたまま、リアムがかすれた声を出す。

「あなたは、あなただ。あなたを深く知りもしないのに我がものにしようなど、強欲にもほどがある」

「リアム……」

落ち着いていつもとは、まるで様子が違う。リアムが焦り憤っているのが、普段より低めの声音を介して伝わってきた。

「俺は、あなたのことを深く知っています。あなたは、この世の誰よりも優しく慈悲深い女性だ」

「そんな……買いかぶりだわ」

「買いかぶりではございません。あなたと出会ってから、おそばであなたのことだけを見てきましたから」

哀しげな囁きとともに、リアムはよりいっそうソフィアをその胸に閉じ込めた。リアムの熱が、ソフィアの体温と一体化していく。あまりの心地よさに、気づけばソフィアは素直にリアムのぬくもりに身を委ねていた。

「リアム、私もよ。私だって、あなたの優しさを誰よりも知っているわ……」

逞しい腕に、炎天下の過酷な訓練のせいでほどよく日焼けした肌。いつの間に、こんなに男らしくなったのだろうと思う。出会った頃は、色白で華奢な少年だったはずなのに。

しばらくの間、ソフィアとリアムは抱き合ったまま芝生の上に寝転んでいた。

そんなふたりを、蜜柑色の月が遥《はる》か上空からじっと見下ろしている。

リアムの息遣いを感じているだけで、ソフィアは体の芯から充実感に満たされた。

リアムが自分にとって唯一無二の存在であることを、改めて思い知る。

「……ソフィア様、そろそろ戻らないといけません」

だから悪戯に時が過ぎ、リアムが腕を解いて起き上がった時、ソフィアはどうしようもない寂寥《せきりょう》に襲われた。体を起こし、名残を惜しむように彼女に忠実な下僕の顔を見つめる。

月明かりの下では、リアムの美術品のように洗練された顔は、より美しさが増して見えた。男らしい色気を放つ、薄い唇。ソフィアは無意識のうちにかつて触れた彼の唇の感触を思い出す。

柔らかく、濡れていて、熱く、甘い。……触れたい。

そう思ったのも束の間、まるでソフィアの心を読んだかのように、まぶたを伏せたリアムが顔を近づけてきた。

そっと、重なる唇。熟れた果実を味わうように唇を動かしたあとで、すぐに吐息が離れていった。

リアムのキスは、いつもソフィアの心の中の大切ななにかを削いでいく。切なさに、胸の奥がぎゅっと疼《うず》いた。

「もう、キスは怖くないですか？」

リアムの問いかけに、心ここにあらずのソフィアは頷く。

「ええ。むしろ……」

「むしろ？」

はっと、ソフィアは我に返る。そして、「なんでもないわ」と口ごもった。

——むしろ、もっとしていたかった。

腹心の友であるリアムに対し、どうしてその言葉を呑み込んだのか、ソフィアは自分でも分からなかった。

「また、会いに来ます」

回廊の前までソフィアを送ったリアムは、声音を強めてそう言った。

「次は、いつ来てくれるの？」

「あなたが望むのなら、毎日でも」

夜の城はまだ静寂に包まれているが、これ以上の長居は危険だ。騎士との夜中の逢《おう》瀬《せ》を他人に見られたら、あらぬ噂が立ちかねない。

　ここに来るまでの間ずっと繋がっていたふたりの手が、音もなく離れていく。夜の空気に放たれた指先が心許なくて、ソフィアはぬくもりを求めるようにぎゅっと握りしめた。

　その時、どこからともなく妙な物音がした。不審に思ったソフィアは、後ろを振り返る。だが次の瞬間。

「ソフィア様……！」

　小さな叫びとともに、さらうようにリアムに体を抱きすくめられていた。

　――ドスン！

　ソフィアを抱くリアムの背後に、上から重量感のあるものが落ちてくる。

「え……？」

　ソフィアは、リアムの肩越しに茂みを見つめ、唖然とした。直径三十センチにも及ぶ重厚な大理石造りの壺《つぼ》が、芝をえぐった状態で転がっている。

「どうしてこんなものが……」

　もしも頭に当たっていたら、ひとたまりもなかっただろう。今さらのように、ソフィアの全身が凍りつく。

リアムは腰に提げた剣の柄に手をかけると、素早い身のこなしでソフィアを背後に隠し、上空を見上げた。

二階には玉座の間が、三階には礼拝堂がある位置だった。どちらのバルコニーにも人影はなく、もちろん本来であればどちらにも人はいないはずの時間帯だ。

「誰かが、私を狙ったのかしら……？」

震える声を出せば、リアムが緊迫した顔でソフィアを振り返った。

若き騎士はその目に闘志を漲らせると、もう一度睨むように頭上を見据えた。

騎士の愛、王太子の愛

壺が落下してきたあの夜、リアムはソフィアの身を案じてふたつの約束を言い渡した。

日中は、どんな些細な移動の際も侍女を連れて歩くこと。夜は、入り口にもバルコニーにも鍵をかけて部屋から出ないこと。そして自らも毎夜ソフィアの部屋の真下に出向いて見張りをすることを誓った。

ソフィアは、翌日からその約束を守った。日中は不安だらけでも、夜はバルコニーの下でリアムがソフィアを見守ってくれていると思うと、安心して眠りにつくことができた。

不穏な気配を感じながらも時は流れ、ソフィアがカダール城に来て一ヶ月が過ぎた。蒸すような夏の暑さも遠ざかり、鳴り響く虫の音を秋風が運ぶ夜。カダール城では、いよいよソフィアのお披露目の夜会が催されることになった。

「まあ、ソフィア。なんて美しいの」

侍女たちに囲まれ身支度を終えたソフィアがティールームに現れるなり、紅茶を楽しんでいたマリアンヌ王妃は甲高い声を張り上げた。

「やはり、我が国の絹ドレスはあなたによく似合いますわ」

金装飾の施された鏡台へと、ソフィアを誘うマリアンヌ王妃。

「見てごらんなさい。今晩の主役に相応しい淑女よ」

鏡の中のソフィアは、袖に大ぶりなレースのあしらわれた濃紺のドレスを身にまとっていた。

もともと華奢な腰をコルセットで更に締め上げ、裾広がりのドレスの美しさを際立たせている。ペチコートでボリュームを出したスカート部分には、オレンジと生成りの糸で見事な花模様が細かく刺繍されていた。一時間かけて綿密に編み込まれた髪には白い花模様の髪飾りが散らされ、胸もとではオレンジサファイアのネックレスが光っている。

「まあ、かわいい」「なんてお洒落なの」と、マリアンヌ王妃は自分のことのように上機嫌だ。

ニールの婚約者としてお披露目されることに乗り気でないソフィアは、曖昧な笑顔で礼を述べる。

「こんな素敵なドレスをご用意してくださり、本当にありがとうございます」

ソフィアは体の寸法を測っただけで、ドレスを選んではいない。デザインから生地選びまで、マリアンヌ王妃がすべて手配してくれたのだ。

するとマリアンヌ王妃は、「いやあね、オホホ」と高らかに笑った。

「本当はね、手配したのは私じゃないのよ。クラスタ家のリディア様ですわ」

「リディア様……？」

ソフィアの表情が、一瞬にして凍りつく。

しかしソフィアの変化に気づいていないマリアンヌ王妃は、優美なドレスに惚れ惚れとした視線を這わせた。

「リディア様はね、流行に敏感で、社交界一のお洒落さんなの。私のような年のいった者が選ぶより、リディア様に選んでもらったほうがいいと思いましてね、お願いしたのです。お任せして大正解でしたわ」

顔を輝かせると、マリアンヌ王妃は再びソフィアに賛辞を浴びせはじめる。

リディア嬢の名前を耳にした途端不安で胸がいっぱいになっていたソフィアは、愛想笑いを返すことしかできなかった。

夜会は、カダール城の大広間で行われる。

アンザム邸のパーティーホールの何倍もの広さがあるそこは、絵画で装飾された高い天井から、幾つもの煌《きら》びやかなシャンデリアが吊り下がっていた。

ロココ様式の柱が等間隔に並ぶ白亜の壁には、客人たちが腰を落ち着かせるためのビロードのソファーが用意され、端に据えられた長テーブルには、シルバーのクロッシュに覆われた料理が香ばしい匂いを漂わせながらずらりと並んでいる。

日暮れとともに色鮮やかなドレスやジュストコールに身を包んだ貴族たちが次々と姿を現し、人々の活気を盛り立てるように音楽隊が管楽器を奏ではじめた。

「ソフィア、待たせたな」

ソフィアが広間で客人への挨拶に追われていると、ニールが遅れてやってきた。ここ数日も外交で城を離れていたため、会うのは三日ぶりだ。

「殿下、お久しぶりでございます」

ソフィアはスカートを摘まみ、ニールに向けて会釈をした。

銀髪を今日は後ろに流したニールは、濃紺の詰襟軍服に白色のズボンという正装だった。たすき掛けにされた勲章と上腕部に並んだ記章が、彼の聡明さを引き立てている。

ニールはしばらくの間、目を奪われたかのようにソフィアを見つめていた。そしてソフィアの胸もとで輝くオレンジサファイアのネックレスを見て、満足げに微笑んだ。まるで自分が彼の所有物であることを確認されたかのようで、ソフィアはいい気がしない。

「いいドレスだな」

「はい。私などにはもったいない代物でございます」

「まさか。君以外に、そのドレスを着こなせる女がいるとは思えない」

ニールは妖艶に瞳を細めると、「君の美しさは、罪だな」と呟いた。

「会うたびに、私の心を掴んで離さない」

ニールの指先が、シルクの手袋をはめたソフィアの右手を持ち上げる。そして、手の甲に唇を寄せようとした。

ソフィアは、肩を震わせた。その手袋の下には、リアムとの絆の証である傷痕があるからだ。

気づけば、ニールから逃げるように右手を引っ込めていた。

「どうした?」

ニールが、声音を低くする。

「すみません、つい……」

ニールの視線を遮るように、右手を左手できつく握りしめる。

ソフィアは間もなくニールと結婚し、一生を添い遂げる身。身体も心も彼に委ねなければならないのは、重々分かっている。だが右手へのキスだけは、どうしても受け入れがたかった。そこに口づけていいのはこの世でただひとり、リアムだけだからだ。

胸の内で葛藤するソフィアを、ニールはしばらくの間重い表情で見つめていた。だが、すぐに彼特有の余裕に満ちた顔に戻る。

「悪かった。君の美しさに耐えきれず、焦ってしまった私のせいだ」

「そんな、めっそうもございません……」

どんなに甘い言葉を囁かれても、ソフィアの心は動かない。

人は、どうやったら恋に堕ちるのだろう？　兄に渡された本のように、どうやったら体の隅々まで相手が欲しいと望むようになるのだろう？　ソフィアには、まだそれが分からない。

ニールとの間に奇妙な沈黙が流れる。居心地の悪さを断ちきったのは「殿下」と呼ぶ彼の側近の声だった。

たしか、アダムという名の男だ。ニールの背後に近寄り、アダムはなにやら耳打ちしている。

「そうか、来られたか」

軽く相槌を打つと、ニールは今までの気まずい空気が嘘のようなおおらかな微笑を浮かべた。

「ソフィア。君に会わせたかった客人が、どうやら到着したようだ」

アダムが連れてきたのは、真っ白なひげを顎に蓄えた老人だった。薄くなった頭髪に、銀フレームの丸い眼鏡をかけている。落ちくぼんだ目にシワの刻まれた額、手には真鍮《しんちゅう》の玉が装飾された杖が握られていた。

「お久しぶりです」

「うむ。君にまた会えて嬉しいよ、ニール殿下」

その老人とニールは、勝手知ったる仲のようだ。

ソフィアは内心困惑していた。

(どなたかしら……?)

ニールは以前に、ソフィアの喜ぶ客人を夜会に呼んだと言っていた。察するに、目の前の老人こそがその特別な客人のようだ。だが、ソフィアはその老人に見覚えがない。

「こちらは、私の婚約者のソフィアです」

　ソフィアはスカートを摘まむと、老人に向けて「ソフィア・ルイーズ・アンザムと申します」と腰を落とした。

「おお、そなたが噂のご令嬢か」

　ふごふごと老人は答えると、落ちくぼんだ瞳でソフィアを見つめた。老人の奥深い視線には、他人を丸裸にするような威力がある。

「なるほど」

　色素の薄くなった老人の瞳に、穏やかな灯が宿った。

「美しいご令嬢だ。身も心も、山の空気のように澄んでおる。こんなに美しい人にお会いするのは、アメリ様以来かもしれぬ」

　老人の言葉に、ソフィアはそろりと視線を上げた。

「アメリ様とは……、もしかして獅子王のお妃様のことですか？」

「いかにも」

「あなたは、もしかして……」

　ソフィアの心の中に、ひとつの仮説が生まれる。

　現ロイセン王の祖父である獅子王の妃に謁見があり、ソフィアが喜ぶ人物だというこの老人は……。

「もしかして、『獅子王物語』を書かれたアレクサンダー・ベル様……？」

恐る恐るその名前を口にしたソフィアに、老人は「ご名答。こんな美人にまで名を知られているなど、わしは幸運だな」とおどけて見せた。

「まあ、なんてこと。お会いできて光栄ですわ……！」

彼の処女作である『獅子王物語』を、ソフィアは子供の頃から穴の開くほど読んできた。その作者が目の前にいるなど、まるで夢を見ているようだ。

喜びで顔を輝かせるソフィアを、ニールが悦に入ったように見ている。

「あなたのご本を何度も読みました。『獅子王物語』は本当に素晴らしい作品です。『四銃士』の戯曲も、幾度も見に行きましたわ」

「そうかい。そんなに目を輝かせてくれるなら、この老いぼれもこの年まで生きてきた甲斐《かい》があるよ」

「新作の『仮面の王子』も読みました。どうやったら、あんな斬新な物語を考えつくことができるのですか？」

ホッホと笑ったあとで、「いやなに、あれは旧《ふる》い友人のアイデアを借りただけだよ」とベルは謙遜した。

彼は、もとはロイセン城に勤める従者だったと聞いたことがある。あの伝説の獅子王にも面識のある貴重な人物だ。年は九十歳を超えているはずなのに、背筋は伸び、口調もしっかりしているところにも驚かされる。

「あなたは幸せ者だ」

ベルの落ちくぼんだ瞳が、優しく細められる。

「このニール殿下は、私が今まで出会ってきた人間の中で、三本の指に入る優れた人格者のひとりだからな」

ベルの言葉が胸に刺さり、ソフィアは小さく「はい」と答えるのが精一杯だった。

ソフィアにも分かっている。ニールはすべてを持ち合わせた男だ。姿だけでなく、地位も名誉も、君主としての技量も、優れた人格も。

それなのに、どうして彼を愛せないのだろう？　獅子王の妻アメリのように、身も心も夫に尽くす覚悟ができないのだろう？

親しげに会話を続けているニールとベルの隣で、ソフィアはひとり不安な気持ちに苛まれていた。

その時、大勢の人が行き交う広間の入り口に見知った人影を見つけた。

リアムだ。既に副騎士団長として腕を見込まれているリアムは、護衛を任されているらしい。

大勢の着飾った人々の中でもひときわ猛々しさを放つ、癖がかった鳶色の髪。簡素な濃紺の軍服すら見惚れるほどに着こなす、バランスのとれた体躯。細身の黒ズボンの足を伸ばし、姿勢よく直立する姿は、凛々しく気品に満ちている。とてもではないが、身分の低い騎士とは思えない。

彼の秀でた容姿は来客の令嬢たちも放っておけないらしく、護衛の立場でありながらリアムはしきりに話しかけられていた。ひとりの令嬢が馴れ馴れしくリアムの腕に触れたのを見て、ソフィアは軽く苛立つ。

(私のリアムに、気安く触れないで)

「それでは、ベル殿。またのちほど」

「ああ、楽しませていただくよ」

ベルに挨拶を済ませたニールが「あちらに行こう」と耳もとで囁きながら、ソフィアの腰に手を添える。

「ええ」

我に返ったソフィアは、ニールにエスコートされるがまま歩きはじめた。

(リアム……)

歩きながら、そっと後ろを振り返る。

リアムは令嬢に腕を取られながらも、まるでソフィアの心の呼び声が聞こえたかのように青い瞳をこちらに向けていた。

＊　＊　＊

「ねえ、聞いていらっしゃるの？」

女の声がようやく耳に届き、ソフィアを見つめていたリアムは我に返った。

二十代そこそこといった見かけの令嬢が、リアムの腕をしきりに撫でさすっている。目の冴えるようなピンク色のドレスに、綿密に施された化粧、頭上で大きく結い上げられた赤茶色の髪。自分を着飾ることに全力を尽くしてきたかのような装いだ。

「お願いだから、一緒に踊ってくださらない？」

リアムと目が合うと、女は猫撫で声でより迫ってきた。

「俺は任務中ですので。違うお相手をお探しください」

冷たく拒んでも、女は一向に引き下がる気配がない。「少しくらい、いいじゃない」と胸をすり寄せられ、不快感からリアムはその手をバシンッと振り払った。

「まあ、失礼な方ね……！」

徹底的に拒絶され、女は憤りで顔を真っ赤にしながら、ようやくそばから離れていった。

女が去っていくのを見届けると、リアムは再び人込みの中にソフィアを探した。

どんなに大勢の人がいても、ソフィアを見つけるのはリアムにとって容易なことだった。ソフィアの姿はリアムの目には、水面に花開く蓮《はす》のように淡く光って見えるからだ。

リアムは青い瞳を細め、恍惚と自らの愛しい主人に見惚れる。

清らかな音色を奏でる、薄桃色の唇。絹糸のように滑らかな、白く細いうなじ。うららかな春の日差しを吸い込んだかのように、淡く輝く蜂蜜色の髪。幼子のような首の傾げ方、髪の毛を耳にかける仕草。

彼女のすべてがリアムを魅了する。彼女以外の女など、生まれてこの方一度も目に入ったことがない。出会った頃からずっと、ソフィアだけを見てきた。

それが主従の立場を超えた深い想いであることなど、とっくに分かっている。

ソフィアは今ニールに腰を抱かれ、客人と談笑していた。

寄り添うふたりを見ているだけで、喉を掻きむしりたいほどに苦しい。

ニールの視線がなめるようにソフィアの体を這うたびに、今すぐにでも彼を切りつけたくなる。

長年ソフィアに仕えてきたリアムには、彼女の微笑みが強張っているのがすぐに分かった。

ソフィアは、ニールに腰を抱かれていることに困惑している。初心なソフィアは、まだニールを受け入れきれずにいるのだろう。

（だが、そのうち恋に堕ちるかもしれない……）

あらぬ想像に、胸が締めつけられる。

それでも、リアムは彼女を独占する立場にない。

十年前、あの地下道で死ぬはずだった彼は、ソフィアとの運命的な出会いによって生きながらえた。あの時リアムは、奇跡的に救われた自らの命をソフィアに授ける覚悟をした。下僕として、一生彼女の傍らに寄り添いながら。

だがソフィアが美しく成長するにつれ、リアムは許されない独占欲に悩まされるようになる。彼女の優しさも、強さも、子供っぽさも、女らしさも、そして弱さも。四六時中、そして一生、自分だけのものにできたらいいのに。

彼女が他の男のものになりつつある今、そんな想いがいまだかつてないほどに膨れ上がる。そして、救いを求めるように足が勝手に動き出す。

少しでも、この世の誰よりも愛しい彼女を近くに感じたくて――。

＊　＊　＊

「疲れたか？」

「いいえ、大丈夫ですわ」

ニールは、自分の隣を歩む美しい婚約者に夢中だった。

凛とした佇まいに、しなやかな歩き方。前を見据えるブラウンの瞳は一見して穏やかだが、よく見れば奥底に知性を秘めているのが分かる。

まさか自分が、こんなにもひとりの女に執着できる人間だとは思っていなかった。

恋よりも文学、結婚よりも政治。そんな人生を歩んできたし、おそらくこの先もそうなのだろうと考えていた。

だがあの満月の夜の晩餐会で、バルコニーに佇む彼女と出会ってから、少しずつニールは変わった。

初めは、ソフィアにもう一度会いたいと思った。次に、もっと彼女のことを知りたいと思った。そして、自分のものにしたいという欲望にかられた。だが……。

前方から迫りくる男の気配に気づいたニールは、無意識のうちに全意識をそちらに集中させていた。

獰猛な猛禽類を彷彿とさせる鳶色の髪を持つその男は、ソフィアの護衛としてロイセン王国の辺境地リルベからやってきた、リアムという名の騎士だ。

リアムは、息を呑むほどの美青年だった。鍛え上げられたバランスのいい体躯に、整った目鼻立ち。鋭いブルーの瞳は、目を奪われずにはいられないほどに印象的だ。見た目だけでない。リアムは、身のこなしや空気感すら特別だった。些細な仕草や目線の動きでさえも華麗で人目を引く。初めて目にした時、その存在感にニールは驚かされた。

ソフィアとリアムの特別な主従関係を見抜いているニールは、底知れない嫉妬心に駆られていた。ソフィアの護衛としてカダール城に来たはずのリアムを、騎士の館にがんじがらめにしているのはそのためである。ソフィアとリアムがともにいる姿を目にするだけで、腸が煮えくり返るような気分になるからだ。

軽く会釈をして、スッとリアムがふたりの横を通り過ぎた。

リアムは、ひたすらに前を見ている。ソフィアも、リアムには目もくれない。

（それなのに、どうして……）

ニールは振り返り、騎士らしく毅然《きぜん》としたリアムの後ろ姿を見つめる。

(言葉を交わさなくとも、視線を合わせなくとも、ふたりに繋がりを感じるのはなぜだ?)

まるで見えない透明な糸がふたりを結びつけているかのように、互いに意識しているのを感じる。

リアムの存在は、ニールの不安を煽る。

「殿下、どうかされましたか?」

後ろを振り返ったままのニールに、ソフィアが聞いてきた。

我に返ったニールは、すぐに口もとに微笑を取り戻す。

「いや、どうもしない。さあ、君も遠慮せずになにか口にするといい。挨拶ばかりでろくに食べていないだろう?」

ソフィアの背中に手を添えテーブルへと促せば、ソフィアは「はい」と静かに答える。それから、先ほどまでのニールに倣うかのようにわずかに後ろを振り返った。

その一瞬の隙に、ひたむきなブラウンの瞳が、人込みに遠ざかる騎士の姿を捕らえたのをニールは見逃さなかった。

一秒足らずの、短い出来事だった。取るに足らない、些細な行動。それでも、ニールの胸の奥からはどろどろとした黒い感情が湧き上がる。

(今すぐに、ソフィアを我がものにしたい。あの男の入り込む隙間が微塵《みじん》もないほどに)

燃えるような嫉妬心が、ニールの胸の中に湧き起こっていた。

破れたドレス

晩餐会が終盤に差しかかる。

広間では、数刻前から舞踏会がはじまっていた。高らかに鳴り響くヴァイオリンやフルートの調べに乗って、シャンデリアの輝きに照らされながら、手と手を重ね合わせた男女がダンスを楽しんでいる。

ソフィアは今、壮年の男性貴族とワルツを踊っていた。人々の話し声に、笑い声。踊りながら広間を行き来していれば、様々な人の顔が視界に入る。

（もしかしたら、どこかに手紙を送った犯人がいるのかしら……）

その可能性はなきにしもあらずだ。途端にソフィアは不安になって、息が苦しくなる。

目の前にいる壮年の貴族が、ニッと笑って見せた。その笑顔ですら偽物に感じ、引きつった笑みしか返せない。

だが、広間の隅からじっとソフィアを見守るリアムに気づくと、ソフィアは肩の力を抜くことができた。

リアムがいれば、ソフィアはひとりではない。忠実な下僕は、ソフィアになにかあればすべてを捨ててでも駆けつけてくれるだろう。

「ソフィア様」

曲が終わり小休憩に入るなり、背後から女の声に呼び止められた。両掌を腹部で重ねしとやかに立っていたのは、胸もとに大ぶりなリボンのあしらわれた赤いドレス姿のリディア嬢だ。彼女は、ソフィアと目が合うなりにっこりと微笑んだ。

「そのドレス、思った通りよくお似合いですわね」

今までの好戦的な態度が嘘のように馴れ馴れしい。それが逆に不自然で、ソフィアは警戒してしまう。

「リディア様が選んでくださったのですってね。こんなに素敵なドレスを、本当にありがとうございます」

「いえいえ。私にできることといったらこのくらいですから、お気になさらないで」

ホホホ、と華麗に笑うリディア嬢。

彼女に対する不信感から、ソフィアは適当な言葉を並べてこの場を切り上げようと考える。だがソフィアが口を開く前に、リディア嬢が「あら?」と大げさに首を傾げた。

「ソフィア様。後ろのリボンが、ほどけかけてらっしゃるんじゃなくて?」

リディア嬢の言うように、ソフィアのドレスは背後のウエスト部分に細いリボンがあしらわれている。

ソフィアが後ろを向いて確認する前に「あらやっぱり。大変だわ」と口もとを手で覆いながら、リディア嬢が背後に回り込んだ。

「すぐに直しますので、お待ちくださいね」

「ありがとうございます……」

リディア嬢がリボンを直す感触がドレス越しに伝わる。

「はい、直りましたわ。それでは、殿下との水入らずの時をお楽しみになってくださいませ」

手早く作業を終えると、最後にまたとびきりの笑顔を残し、リディア嬢はソフィアのそばから離れた。

「ソフィア」

ちょうどそこで、ソフィアを呼ぶ声がした。人込みを縫いソフィアに歩み寄ったニールが、手を差し出す。

「最後に私と踊ろう」

一瞬、ソフィアはその手を取るのをためらった。だがすぐに、彼の婚約者である自分が戸惑う立場にないことを思い出す。

「……喜んで、お受けいたします」

ソフィアはスカートを摘まんで頭を垂れ、ニールの申し出を受け入れた。

ニールに手を伸べられ大広間の中心に向かうと、今宵の主役であるふたりに、場内から一斉に視線が注がれた。

演奏隊が、メヌエットを奏ではじめる。ニールの指先がソフィアの指先を絡めとり、もう片方の手が優しく腰に据えられる。

いつにも増してニールの眼差しが情熱的なのに気づき、ソフィアは目を逸らすのに必死だった。

「今夜はご苦労だったな。終わったら、ゆっくり休むといい」

「お気遣いをありがとうございます。素敵な夜会でしたわ」

心にもない言葉を口にすれば、ニールは口角を上げて色っぽく笑う。

「明日は久々の休みだ。できれば、一日中君と過ごしたい。芝の上に寝転んで、本でも読もうじゃないか」

「……ええ」

ソフィアは、気乗りしない声を返した。

ヴァイオリンの音色が、ひときわ大きくなる。

ニールと体を向かい合わせながら、ソフィアは絨毯の上を巧みに移動していく。ふいに視界に入ったのは、人込みの中から睨むように自分を見ているリディア嬢だった。

（どこかで見た景色……）

ニールと初めて会ったアンザム邸での晩餐会の夜、ダンス中に背後に回り込んだリディア嬢はドレスを踏んでソフィアを転倒させた。

あの時と状況が似ていた。違う点は、あの時よりもいっそうリディア嬢の顔に憎しみが張っているところだろうか。リボンを直してくれた時の笑顔が、嘘のように。

（嫌な予感がする……）

危険を察知したものの、次の瞬間には、以前と同じようにぎゅっとドレスの裾が強く引っ張られていた。

咄嗟にソフィアは、バランスを保とうと足に力を入れる。

だが、今宵はソフィアが転ぶことはなかった。その代わり、ビリビリビリッと激しく布の裂ける音が悲鳴のように響き渡る。

あっ、と思った時にはすべてが手遅れだった。なにがどうなっているのか、ほんの少しの衝撃で四方から一気に引き裂かれたドレスは、ただの布切れと化してペチコートもろとも床に落ちた。

ソフィアは、コルセット一枚のあられもない姿で人々の前にさらけ出されることになる。

一瞬、なにが起こったのか分からなかった。落ち着いて考えれば、リディア嬢がドレスが引き裂けるように仕掛けをしたことも、先ほどリボンを直すふりをしてその仕掛けに最終的な手立てを加えたことも、予想がついたかもしれない。おそらく着付けをした侍女の中にも、リディア嬢の手先が紛れ込んでいたのだろう。

だが、動転しているソフィアにはそんなことを考える余裕はなかった。

丈の短いペチコートからは白い太ももが露わになっており、背中も丸見えだ。

人々のざわめきに気づいたのか、音楽隊も演奏をストップさせた。

「まあ、なんてはしたない」という貴婦人たちの侮蔑の声に混ざり、「ほう……」という男性貴族の感嘆の声が聞こえた。

恥ずかしさで、ソフィアは消えてしまいたい衝動に駆られた。おぼつかない両手で露わになった体を抱き、その場にうずくまろうとする。

「ソフィア、なにがあった？」

心配そうなニールの声が聞こえ、すぐさま手が差し伸べられたが、ソフィアには冷静に状況を判断する思考能力は残っていなかった。すがるように求めていたのは、彼女が心から信頼を寄せている騎士の面影だけだ。

「リアム、助けてっ……！」

伸ばされたニールの手がピクリと止まる。同時に、ソフィアの目前に人影が差した。見なくても、ソフィアには分かった。彼の醸し出す空気を、この十年いつも近くに感じてきたから。

「ソフィア様、大丈夫です」

うずくまるソフィアを人目から隠すように両手を広げたリアムは、素早く自らの軍服を脱ぎソフィアの背中にかけた。

リアムのぬくもりを肌で感じ、羞恥心でどうにかなりそうだったソフィアの心が解放されていく。

「リアム、リアム……」

無意識のうちに、ソフィアはリアムの背中に両手を回し、子供がするように抱きついていた。

「ソフィア様、もう大丈夫ですから」

耳もとにリアムの息を感じ、涙が溢れそうになる。

「これを」

大急ぎでリンネルの布を持ってきたのは、ニールの側近のアダムだった。

アダムがソフィアの体に布をかけようと手を伸ばしたが……。

「触るな！」

肌に触れそうになった途端、薄いシャツ一枚でソフィアを守っているリアムに刃のごとく冷徹な瞳で睨まれる。

アダムは体をすくませ、怖れおののいたように一歩後退した。場に、ピリリと緊張が走る。

それからのソフィアの記憶は曖昧だ。大勢の人たちにあんな姿を見られてしまったショックから精神的に不安定になり、意識が朦朧としていたようだ。気づけば部屋にいたから、おそらくリアムに付き添われ、広間をあとにしたのだろう。

『必ず、あなたを苦しめた犯人を捕まえてみせます』

部屋を去る前に、厳しい表情でリアムがそう言い残したのだけはかろうじて覚えていた。

せっかくのお披露目のパーティーで醜態をさらしたソフィアを、ニールはどう思っただろう？　カダール王は？　マリアンヌ王妃は？

格式高きカダール王家に、ぬぐえない泥を塗ってしまった。こんなことが知れたら、リルベの両親も失望するだろう。

胸が苦しくなり、強烈な眠気がソフィアを襲う。とてもではないが広間に戻る勇気は持てなくて、ソフィアはベッドに突っ伏したまま深い眠りについた。


目が覚めると、部屋は真っ暗だった。ランプの灯はいつの間にか消え、バルコニーから差し込む微かな月の光だけがぼんやりと室内を照らしている。

（どれくらい眠っていたのかしら……？）

大広間から響いていた喧騒《けんそう》は消え、不気味なほどの静寂が辺りを支配していた。

数刻前のショックでいまだに体が重だるいが、ソフィアはどうにかベッドに身を起こす。ネグリジェではなく、部屋に戻ってから侍女に着せられた簡素な白のドレス姿のままだ。

「起きたか」

闇間から突如聞こえた声に、ソフィアはビクッと肩を揺らした。ベッドサイドにニールが腰かけ、じっとこちらに視線を向けている。

「殿下、いらっしゃったのですか……」

気配がなかったから気づかなかった。驚きでドクドクと鳴る胸を押さえ、ソフィアはニールと向き合った。

ニールは、いつもと様子が違った。いつ何時でも余裕の笑みを携えていた瞳に色がない。どちらかというと冷たい視線に、ソフィアはいたたまれなくなる。

（殿下は、あんな姿をさらした私をどう思われているのかしら……）

晩餐会中に、あのような醜態をさらした令嬢がかつていただろうか。ソフィアの悪評は、当然ニールの身にも害をもたらす。婚約者にはそぐわないと見放されてもおかしくはない。

「……殿下とのダンス中にあのようなことになり、申し訳ございませんでした」

ソフィアはうつむき、必死に言葉を探した。

今なら分かる。あれは、おそらくソフィアをニールの婚約者の立場から引きずり下ろしたがっているリディア嬢の策略だろう。だが、今さらそんなことを暴いたところでどうにもならないと思った。ソフィアがニールに恥をかかせた事実はぬぐえない。

「……なにに謝っている？」

ソフィアの心の傷をえぐるように、ニールは容赦のない言葉を浴びせてくる。

「それは……」とソフィアは震え声を出した。

「あんな醜い姿を、お客様の前でさらけ出してしまったことにでございます……」

行き場のない羞恥心が込み上げてきて、言葉が続かない。

うつむくソフィアと、見下ろすニール。重い沈黙がふたりの間に訪れた。

流れる雲が月を覆い隠し、闇が深くなる。気後れしそうなほどに暗い部屋の中で、ニールがようやく口を開いた。

「君は、罪深い女だな」

ニールがスッと身を寄せてきたのが分かった。異変に気づいたソフィアが顔を上げると、すぐさま肩を押され影が覆いかぶさってくる。直後、ソフィアは勢いよくベッドの上に押し倒されていた。

「自分がなにをしたのか、まったく分かっていないのか」

暗がりの中ソフィアを見下ろし、薄く微笑むニール。その笑みに秘められた悲壮感に、ソフィアははっと瞳を瞬いた。だが瞬時に両手首をきつく掴まれ、表情を歪《ゆが》める。

間髪入れずに、ニールの唇が降ってきた。

「んん……っ」

それは、普段のニールからは考えられないほどに荒々しいキスだった。ソフィアの唇を執拗に捕らえ離さない。ねじ込まれた舌が強引にソフィアを我が物にしようとする。

「ああっ……」

息つく間すら与えられず、苦しさからソフィアは身をよじって逃げ出そうとした。

だがニールは両腕に力を込め、ソフィアを自由にはしてくれない。

ようやく離れた唇が、首筋を降りていく。力尽きたソフィアの手首から離れたニールの手が、腰のラインをなぞり胸の膨らみに差しかかった。

その瞬間、ソフィアの脳裏に光が弾けた。光の中に浮かんだのは、緑溢れるリルベの湖畔でソフィアを見つめるリアムのひたむきな青い瞳だった。

（なぜ……）

なぜ、今こんなことを思うのだろう。

疑問に思ったのも束の間、ソフィアの両頬を涙が伝う。

ソフィアの涙に気づいたニールが、首筋から顔を上げた。涙で滲んだソフィアの視界に、我に返ったようなニールの表情が映り込む。

「すまない……」

ニールはソフィアの乱れた胸もとを整え、流れる涙を指先でぬぐう。髪を撫でる手は微かに震えていた。

「取り乱してしまった。愚かだな……」

苦しげな表情を浮かべながらニールはソフィアから離れると、「おやすみ」と厳かに告げ、音もなく部屋をあとにした。

秘めた想い

あの夜会での事件の余波は、その後も続いた。

ソフィアが城内を歩けば、あらゆるところから視線を感じた。もちろん、夜会に参加した貴族以外は事件の詳細を知らないだろう。だが、噂は根も葉もない尾ひれをつけて口伝いに広がり、城内を行き来する者の中にも知れ渡っているようだった。

気の毒そうな目線や好奇の瞳が、平常を保とうと気張るソフィアに容赦なく注がれる。

ニールやマリアンヌ王妃とも、どことなくぎくしゃくしていた。あの出来事についてはいっさい触れられないものの、王家の人々のソフィアを見る目も変わってしまったように感じる。公衆の面前で恥を晒した彼女を、よくは思っていないのだろう。

心の拠り所であるリアムとは、相変わらず会えない日々が続いている。この先どうしたらいいのか分からず、ソフィアは息苦しい毎日を過ごしていた。

だが、夜会が明けて一週間後。思いもかけない展開がソフィアを待ち受けていた。

秋晴れの涼やかなその日。ソフィアは、ニールから応接室に来るようにと言付かる。

侍女を侍らせ行ってみれば、扉の前に待機していたアダムが「内々のご相談ですので、おひとりでお入りください」と侍女の入室を拒んだ。

ソフィアは、不審に思いつつもひとりで応接室に足を踏み入れる。

入るのは文学サロンの日以来だ。相変わらず四方の壁が本でぎっしり埋め尽くされたこの部屋は、ニールが書類仕事などを担う場所でもある。

カーテンを閉めきった室内は、薄暗かった。楕円形のテーブルの奥の椅子にニールが座っている。

ソフィアは入り口でスカートを摘まみ、挨拶を済ませた。

「殿下、なにか御用でしょうか?」

問いかけた直後、ソフィアはニールの向かいに座る人物に気づきその場に立ち尽くした。

それは、リディア嬢だった。いつも精一杯着飾っている彼女にしては珍しい、シックなブラウンのドレスを着ている。髪もシンプルなまとめ髪で、シルバーの髪飾りを申し訳程度につけているだけだった。

「来たか。ここに座れ」

ニールに促され、ソフィアは彼の隣に腰かける。

リディア嬢はソフィアと目を合わすと、きつく唇を噛んだ。凄むというより、怯えたような瞳だった。化粧っけのない顔には、普段の覇気がない。

「ソフィア。君を呼んだのは、彼女の処罰を決めてもらうためだ」

皮張りの肘掛け椅子で足を組み、ニールが語り出す。

「先日の夜会で、彼女は君のドレスに細工をした。君に恥をかかせるためだ。君に忠実な騎士がその事実を突き止め、彼女とグルだった針師にすべてを告白させた」

ニールの言葉に、ソフィアは喉を震わす。

「リアムが……」

忙しい訓練の合間を縫って、リアムは密かにソフィアのために動いてくれていたのだ。

『必ず、あなたを苦しめた犯人を捕まえてみせます』

リアムの言葉を思い出し、今すぐに抱きつきたい衝動に駆られた。たとえ会えない日々が続こうとも、いつだって彼はソフィアのことを考えてくれている。

リアムに想いを馳せるソフィアを、ニールは無表情のまま見つめていた。「クラスタ家とは切っても切れぬ縁だが、今回彼女がしでかしたことは人として許されない。彼女を永久に城に出入り禁止にしてもいいし、場合によっては彼女の父親の爵位剥奪も考えている。君の望む通りにしよう」

普段のニールとは違う、無機質な口調だった。なにかに対して、怒りを呑み込んでいるようにも思える。リディア嬢に怒っているのか、それとも恥を晒したソフィアを咎めているのか、ソフィアには分からない。

固く握りしめられたリディア嬢の拳が、微かに震えている。

うつむきじっと事の成り行きを見守っている彼女は、既に覚悟を決めているように見えた。

ソフィアにしても、リディア嬢のことは憎かった。たくさん嫌味を言われたし、あの夜会でのズタズタな気持ちは今でも震えがくるほどに覚えている。彼女に二度と会わなくて済むのなら、どれほど気分が晴れるだろう。

（でも……）

ソフィアには、今ひとつ腑《ふ》に落ちない点があった。

リディア嬢がソフィアのドレスの仕立てを請け負ったことは、マリアンヌ王妃をはじめ周知の事実だった。あんな不自然な破れ方をしたあとなら、どう考えてもリディア嬢が真っ先に疑われる。

（あれが、リディア様がクラスタ公爵に話していた秘策なの……？）

それにしては、やることが浅はかすぎる。彼女はなぜあんな愚かな計画に踏みきったのだろう？

ソフィアは、リディア嬢をじっと見つめた。顔を伏せそうなほどにうつむいているせいで、その表情はよく見えない。だがわずかに見える唇の震えが、逃げ場のない彼女の心情を物語っていた。

物事の真相は、奥深くに眠っている。大事なのは、それを見極め視野を広げることだ。昔、そんな教訓を学んだことがあった。

ああそうだ、とソフィアは思い出す。

リアムが泥棒の汚名を着せられ、処罰を受けた時のことだ。リアムはダイヤモンドのネックレスを盗んだ真犯人を咎めるどころか、彼の境遇を憐れんで涙した。悪いのはあの男ではなく、あの男に盗みをさせる原因を与えた国の政策だと言って。

ソフィアは顔を上げた。記憶の一場面から、真相がじわじわと見えてくる。

「私は……彼女を咎めません」

ニールが訝《いぶか》しげに片眉を上げる。

「咎めないだと？　護衛にすがりつくほど、深く傷つけられたのにか？」

忌々しげな口調だった。

「たしかに、あの時はショックで立ち直れそうもありませんでした。ですが、今は違います。彼女には、安易に人を信用するなという教えをもらいました。この先、王となられるあなたを支える身としては、それは大事なことです。いつどこに敵が潜んでいるのか分からないのですから。私は、彼女のおかげで人を見極める力が身につきました」

リアムの教えてくれたことに間違いはない。だからこうやって堂々と胸を張り、自信を持って言葉にすることができるのだろう。

ニールが、驚いたように目をみはる。リディア嬢も、涙で潤んだ目を見開いてソフィアを見ていた。

ソフィアは物おじせず、じっとニールに視線を向ける。決断に迷いはなかった。

幾ばくかの間のあと、ようやくニールが口を開いた。

「……では、処罰はなしということでいいのだな」

「はい」

きっぱりとソフィアが言いきれば、ニールがうっすらと口角を上げる。いつもの彼らしい、余裕に満ちた笑みだった。

「君は、やはり性根が野蛮だな。どう出るのか、まったく予想がつかない」

微かに苦しげな表情を見せたあと、ニールはリディア嬢に言い放つ。

「ソフィアがああ言っているから、今回の件は水に流そう。だがこの先もしもなにかあれば、今度は私が容赦しない」

「かしこまりました、殿下……」

深々と頭を垂れたリディア嬢の声は、今にも消え入りそうなほどに弱々しかった。


リディア嬢が退室してしばらくしてから、政務に戻るニールを残し、ソフィアも部屋をあとにした。迎えに来た侍女と一緒に自室へと歩んでいると、螺旋階段の前に立ち尽くしているリディア嬢に出くわす。

ソフィアを見るなり、リディア嬢が神妙な面持ちで歩み寄ってきた。

「……なぜですの？　なぜ、私を咎めなかったのです？」

リディア嬢は、まるで未知の生物に遭遇したかのように、強張った瞳をしていた。罪を解かれたはずなのに不安げなのは、ソフィアの言動がまったく理解できないからだろう。

ソフィアは小さく息を吸い込むと、「悪いのは、あなたではないからです」と答えた。

「私が悪くないですって……？　公衆の面前で、あなたにあんな恥をかかせたのに？」

「悪いのは、あなたを追い込んだあなたのお父様ですわ」

リディア嬢が、息を止める気配がした。

動揺を見せたリディア嬢に、ソフィアは穏やかな視線を投げかける。

「以前、あなたとあなたのお父様が立ち話をしているのを見ました。あなたのお父様は、あなたと殿下の婚約を強く望んでいた。あなたは、それに抗えない様子だった」

自分の娘を政治的策略の駒だと思っている貴族は、世の中に溢れている。リディア嬢の父クラスタ公爵は、その典型例だ。

リディア嬢が、なぜあんなすぐに足がつくような安易な秘策に出たのか？　彼女にはきっと、余裕がなかったのだ。ソフィアを陥れたい一心で、落ち着いて後先を考えることもできないほどに追い込まれていた。

「だから、あなたは悪くない」

ゆっくりと言葉を繰り出すソフィアを、リディア嬢は今にも泣きそうな顔で見つめていた。なにかを諦めたような表情にも見えた。

アーチ窓から差し込む光に照らされた化粧っけのないその顔は、ソフィアが今までに見た彼女の表情の中で一番美しく感じた。

やがてリディア嬢は、なにも言わないままにソフィアの隣を横切る。そして数歩進んだ先で立ち止まりソフィアに向けて深々と頭を下げると、ゆっくりとした足取りで廊下の先へと消えていった。

それから一週間後のことだった。リディア嬢がこの国の若き侯爵と婚約したという噂を、ソフィアは聞きつける。花嫁修業のため、彼女は早々にその侯爵家に移り住んだという。

噂を耳にしたのとほぼ同時期の夜、ソフィアは侍女からリディア嬢の書いた手紙を受け取った。薄桃色の封筒の中には、薔薇模様のあしらわれたメッセージカードが一枚入っているだけだった。

【あなたと、もっと違う形で出会いたかった。そうしたら、素敵なお友達になれていたでしょうに】

強気な性格とは裏腹な、令嬢らしい優美な筆記体だった。その手紙を受け取った時、ソフィアは肩の荷が下りるとともに寂しさに苛まれた。そして、どうしようもないほどリアムに会いたくなった。

いつだってそうだ。嬉しい時も、苦しい時も、ソフィアはリアムに会いたくなる。

なにかの選択に迷った時も、リアムのことを思い出す。リディア嬢の処罰を決めた時もそうだった。

リアムの存在はソフィアにとって特別で、いつだって魂そのものが彼を求めている。あの差出人不明の手紙を出したのも、壺を落としたのも、おそらくリディア嬢なのだろう。クラスタ公爵に圧され、リディア嬢は冷静に頭を使えないほどにまで追い込まれていたのだから。

だから、今のソフィアに身の危険はない。リアムと約束したように常に侍女を侍らせて歩き回る必要もないし、夜中に鍵をかけて部屋にこもる必要もない。

毎夜、ソフィアの部屋の下で見張りをしているリアムに、ようやく会いに行くことができる。

ソフィアは手紙を机に置くと、喜び勇んでバルコニーへと通ずる窓に駆け寄った。

そして、窓ガラスに手をつき庭を見下ろす。

夜の闇に沈んだ庭園の茂みに、今宵もソフィアを見守るリアムの鳶色の頭が見えた。

今すぐに、表に出て彼に会いに行こうと思った。

だが、呼び覚まされた新たな想いがソフィアに歯止めをかける。ソフィアは、ニールにベッドに押し倒されたあの夜のことを思い出していた。

未来の夫とのキスは、ソフィアに苦しみしかもたらさなかった。幸福とはほど遠い感情が込み上げ、引きちぎられるような痛みが胸に走った。

リアムとのキスとはまったく違う。リアムの熱と感触は、いつもソフィアに幸福をもたらした。あの快感を知った時、きっとニールとのキスも大丈夫だと思った。

だが、実際は違った。

それがどうしてなのか、そのことがなにを意味するのか。

窓から外を見下ろすソフィアの胸に、じわじわと答えが広がっていく。

気づけば、ソフィアの頬を涙が伝っていた。

（もしかして……）

おぼろげな半月が、夜の庭園を幻想的に映し出している。秋が深まるにつれ強まった風に、リアムの男らしい鳶色の髪がなびいている。窓ガラスを隔てたこの距離からでも、彼の熱い視線を感じた。

この十年、いつも感じてきた視線。

この世でただひとり、ソフィアだけが得ることのできる安らぎ。

（もしかして、私はとっくに恋を知っていたの……？）

いつからかなんて、分からない。

ソフィアはリアムに恋をしていたのだ。

今になってようやく気づくことができた。

だが埋もれた感情を認めるやいなや、これまでにない苦しみが生まれる。

どんなに愛そうと、ソフィアとリアムは決して一緒にはなれない。彼は雇われ騎士で、ソフィアは辺境伯令嬢。そして、ソフィアはもうすぐカダール王国の王太子であるニールのものとなるからだ。

この感情を認めてはいけない、先にあるのは果てしない絶望だけだからだ。

溢れ出す想いを、ソフィアは無理やりに押し込めた。

これ以上リアムと会ってはいけない。

以前のように、たやすく触れ合ってはいけない。

小さく息を吸い込み、震える胸を落ち着かせた。そして、窓辺から離れるとベッドの中で華奢な自らの身を抱きすくめた。

湧き出る想いが、こぼれていかないように。

自分が、傷つかないように。

それでも、夜の帳《とばり》からは彼の気配を感じる。静寂の中、深海のごとく青い瞳がソフィアを見守っているのが分かる。

どうしようもなく震える胸を押さえ、ソフィアは感情を押し殺して、切ない一夜を明かした。

決闘

秋が深まり、庭園の秋桜《こすもす》が薄紅色の花を咲かせはじめた。空は穏やかな水色で、冷気を孕んだ風には冬の気配を感じる。

ニールは今、応接室の窓から庭を眺めていた。庭では、薄紫色のドレスに身を包んだソフィアが秋桜を摘んでいた。オフホワイトの大判のショールを羽織り、編み込んだ蜂蜜色の髪を腰の辺りで垂らしている。

蔵書を多く保管しているこの部屋は、日の光で本が傷むのを防ぐために、最小限の通気窓しかない。窓は外から見ると分かりにくい箇所にあるため、おそらくソフィアからはニールの姿は見えないだろう。

白魚のようにしなやかな指先が花をひとつひとつ見繕い摘んでいく様を、ニールは物憂げに眺めていた。

長い睫毛が瞬き、乳白色の肌に影を落とす。潤いを帯びた桃色の唇に、ニールは知らず知らずのうちに魅せられていた。

ソフィアを愛している。彼女に翻弄されるたび、その想いは狂おしいまでに膨らんでいく。

ニールは、ソフィアへの深い愛情を今でははっきりと自覚していた。だが、ソフィアの心はニールに向いていない。そのことがたまらなくもどかしい。

応接室のドアが、コンコンとノックされた。

「殿下。お客様です」

アダムの声だ。

「お通ししろ」

窓の向こうに視線を馳《は》せたまま答えれば、間もなくしてアダムが姿を現した。アダムは、そのまま入り口のそばに控える。

「殿下、お久しぶりでございます」

続いて能天気な声とともに姿を現したのは、ソフィアの兄のライアンだった。愛《あい》嬌《きょう》のある栗色の瞳で、屈託なく微笑んでいる。妹のような奥ゆかしさはないが、羨ましいほどの開放的な空気が魅力の男だ。

「これはライアン殿。よくぞお越しくださいました」

ニールが椅子を勧めれば、ライアンは遠慮なく腰かけた。

「いやあ、いつ見てもものすごい蔵書ですね。この部屋を拝見しただけで、殿下が知識豊かな人物だということがうかがえる」

「お褒めに預かり光栄です。ソフィアに会いに来られたのですか？　ソフィアでしたら、今は庭にいます」

「いや、別に会いに来たというわけではありません。この先の商会所に用があり、この辺りの物見遊山《ものみゆさん》ついでに寄っただけでして」

ライアンは、あの店の料理が美味しかっただとか、あの建物が素晴らしかっただとか、続けざまに旅話を並べはじめた。そして、召使いが持ってきた紅茶とマフィンに口をつけながら、ものの十分が過ぎる頃にはすっかりくつろいでいた。

「それにしても、婚礼まであと一ヶ月をきりましたね」

ライアンの視線が窓の外に泳ぐ。

秋桜の花束を手にしたソフィアは芝生の上に座り、虚ろな瞳で中庭の向こうを眺めていた。

「どうですか？　あのじゃじゃ馬も、この城に馴染んできましたか？」

「ええ、とても上手にやってくれていますよ。ただ……」

「ただ？」

ライアンの問い返しに、ニールは一瞬言葉を出し惜しんだ。もともと自らの本音をさらけ出すような性分ではないが、ライアンの無防備な空気に流されてしまったようだ。

ニールはテーブルに頬杖をつくと、窓の外のソフィアに切ない眼差しを注ぐ。

「俺に、心を開こうとしない」

ははん、とライアンが知ったかぶった笑みを浮かべた。

「それは、仕方のないことです。昔からソフィアは、本音を呑み込むところがある。彼女が本音をさらけ出せるのは、この世でおそらくただひとりだけです」

ニールの鋭い視線に気づく気配もなく、ライアンは先を続けた。

「リアムですよ。ソフィアの護衛の」

ライアンはそれから、自らの手の甲を指し示す。

「ソフィアの右手の傷を見たことがありますか？」

「……傷？　いや、彼女はいつも手袋をしているので」

「十年前にできた傷痕が今も残っているはずです。ソフィアがリアムを助けた日にできた傷です」

「……助けたとは？」

ティーカップに口をつけ、皿に敷かれたナプキンを手持ち無沙汰に弄びながらライアンが語り出す。

「リエーヌで、十年前に起きたテロがあったでしょう？　ハイデル王国の組織がリエーヌの中心地に爆薬を投げ入れ混乱に陥れた、あの暴動のことです。あの時、ソフィアはたまたまリエーヌに遊びに行っていたのです。そこで、剣を向けられ今にも殺されそうになっているリアムを見つけた」

ニールは、息を潜めながらライアンの言葉に耳を傾けていた。

「それを、ソフィアが身を張って助けたのです。そして手の甲に深い刀傷を負った」

ニールは思い出す。以前、ソフィアの手袋をした右手に口づけをしようとしたことがあったが、彼女は反射的にそれを拒絶した。

「それでも、リアムは死にかけていました。どうやらなにかしらのきっかけで猛毒が体内に入り込み、危ないところだったようです。けれどもソフィア付きの侍女の父親が名のある薬屋で、ソフィアの容態を診に来た際にリアムが毒に侵されているのを見破った。結果、すぐに解毒剤を飲ませて助かったというわけです。目覚めたリアムは、命の恩人であるソフィアに忠誠を誓った」

ニールは思う。少女だったソフィアは、どんな眼差しでリアムを見つめたのだろう。

リアムは、どんな眼差しを返したのだろう。

「あの時から、ふたりは誰にも入り込めない奇妙な主従関係で結ばれているのです。でも、男女の仲とは意味が違いますよ？　主人と飼い犬のような、言葉のいらない絆に似ています」

片手をブンブンと振って、ライアンはあっけらかんと否定した。

だが、ニールはそうだろうかと訝しむ。ソフィアのお披露目の夜会の際、クラスタ家のリディアの策略で人前にあられもない姿をさらけ出す羽目になった時、ソフィアは真っ先にリアムを呼んだ。目の前にニールがいるのに、ソフィアの意識は全力でリアムを探していた。

あの情景を思い出すたび、胸に焼けつくような痛みが走る。

「だからリアムが近くにいる限り、ソフィアに心を開かせるのは難しいかもしれません。それでも、ソフィアは芯のあるいい子です。きっと、王妃としてあなたのお力になるでしょう。だからソフィアのことをよろしくお願いします」

ライアンの声には、今までの呑気な口調から一転し、兄としての真摯な思いが込められていた。

ニールは頷きライアンの声に応えたが、気持ちは別の方を向いていた。

＊＊＊

数日後、カダール城では騎士たちによる親善試合が行われた。

カダール城の近衛騎士団と別所属の騎士団による交流試合は、毎年秋に催される恒例行事だ。その日だけは城が開放され、城内にある闘技場には貴族たちだけでなく、庶民も出入りすることができる。カダール城の周辺には屋台が並び、ちょっとしたお祭り騒ぎになっていた。

騎士の館に隣接して建てられた闘技場は、騎士たちが闘う舞台を取り囲むように、石造りの観客席がぐるりと設けられている。他とは仕切られた最も見えやすい位置にある観覧席は、この国の君主であるカダール家の人間のみが座ることを許されている。

大勢の観客たちが期待に満ちた声でざわついている中、ソフィアはニールとともに特別観覧席に腰かけていた。カダール王とマリアンヌ王妃が所用で留守にしているため、今日は代理の出席である。

それぞれのチームから選抜された七名が舞台に姿を現すと、会場には割れんばかりの歓声が湧き起こった。試合は、この十四名による勝ち抜き戦だ。

胸もとに真珠のあしらわれた薄いブルーのドレスに羽根つき帽子という出で立ちの

ソフィアは、やまない歓声の中、ニールの隣でじっと舞台に視線を注いでいた。

「君は戦いが好きだろう。だから喜ぶと思ったんだ」

「ありがとうございます、殿下。とても楽しみにしております」

ニールに向けてソフィアは微笑んで見せたが、内心動揺していた。騎士たちの中にリアムの姿を見つけたからだ。

黒の細身のズボンに黒のブーツ、濃紺の上着に鉄製の肩当てと胸当てを装着しているリアムは、遠目から見ても抜きん出て均整のとれた体つきをしている。背丈は他の男たちよりも頭一個分高く、服の下には鍛え上げられた筋肉の気配を感じた。

猛々しい鳶色の髪の下から青い瞳がこちらに向けられるのを感じ、ソフィアは避けるように視線を下げる。

すると、唐突にニールが膝の上のソフィアの手を握ってきた。驚いたソフィアが顔を上げれば、いつになく冷たさを宿した漆黒の瞳と目が合う。

「試合の間、こうしていてもいいか？」

有無を言わさぬ威圧感に、ソフィアは一瞬言葉を失った。

「嫌なのか？」

「……そういうわけではございません。ただ、こういったことに慣れていないもので」

たじろぐソフィアを見てニールはフッと口もとに笑みを浮かべると、絡んだ指先により いっそう力を込めた。そして、舞台に視線を戻す。

「君に忠実な騎士も出るようだぞ」

ドクンと、ソフィアの胸が音を鳴らした。

「……そのようですね」

関心がないふうを装って、そっけない返事をする。

「なんだ、興味がないのか？　君の大切な下僕なのだろう？」

リアムに恋をしていることを自覚した今、ソフィアが取るべき行為はひとつしか残されていなかった。

リアムに恋をしても、先はない。この想いを永遠に胸に封じ込め、ニールを愛さなければならない。覚悟を決めたソフィアは、小さく苦笑する。

「そのことなのですが殿下、彼とはもう縁を切ろうと思っております」

驚いたように、ニールがこちらを見た。

「どうした、急に。あれほど信頼を寄せていたじゃないか」

「下僕ごっこなど、幼い頃のほんの戯れですわ。この年になってもそんなことを続けるのはおかしいということに、ようやく気づいたのです」

そこでいったん言葉を区切ったソフィアは、長い睫毛を瞬いたあとでニールを見つめた。

ニールの端整な顔に、困惑の色が滲んでいく。

高らかなラッパの音が、試合のはじまりを告げる。円形の舞台には、いつの間にか剣を手にしたふたりの騎士が向かい合っていた。

「どなたが勝つのか、楽しみですね」

リアムのことは、どうも思っていない。そのことをニールに示すように、ソフィアはにっこりと笑って見せた。

第二試合、第三試合と順調に進んでいく。

ロイセン王国内では名が知れていようとも、リアムの強さはカダール王国の人間には知られていない。だから場内の観客たちは、彗星《すいせい》のごとく現れた若き騎士の強さに驚愕《きょうがく》していた。

「誰だ、あの男は」

「ロイセン王国のリルベから来た、新しい副騎士団長らしい。若いが、腕は相当だな」

「あの重い剣を手にしながら、どうしてあんな素早い動きができるんだ」

リアムの強さは圧倒的だった。素早く、華麗な身のこなし。的確かつ、力強い剣さばき。試合が終盤に差しかかるにつれ、強く美しい騎士の魅力に誰もが虜になっていく。

「あの男らしい騎士様はどなたなの？」

「まるで蝶のように優雅で、虎のように鋭いわ」

若い娘たちは皆リアムに魅了され、ヒソヒソと噂し合った。

そしていよいよ、最後の試合。五分に及ぶ攻防戦のあと、リアムはついに敵を場外に追いやった。

「なんて強さだ！」

「あいつは化け物か？　敵う相手などいないだろう！」

驚異的な実力を見せつけた勝利者に、場内から悲鳴のような賞賛の声が投げかけられる。

立ち上がり、歓喜する人。リアムの名を連呼し、称える人。何百という人間の歓声を浴びてもなお、舞台上にいるリアムは落ち着き払っていた。喜ぶ様子も、不快な様子もない。当たり前のように今の状況を受け止め、手慣れた様子で剣を鞘にしまう。

その華麗な仕草が、また人を惹きつける。

（リアム、すごいわ……）

顔ではあくまで無表情を決め込みながらも、ソフィアの心の中はリアムでいっぱいになっていた。あの類稀《たぐいまれ》なる強さで、この十年リアムはソフィアを護ってくれていたのだ。そんな日々とも、もう決別しなければならない。

（さようなら、私のリアム）

痛む胸を押さえ、そっと別れを告げる。

すると、まるでソフィアの心の声が聞こえたかのように、リアムが顔を上げてこちらを見た。青い瞳が大勢の人々を潜り抜け、まっすぐにソフィアを捉える。滴る汗で濡れた髪、見る者を魅了してやまない魅惑的な瞳。彼のどんな姿にも、愛しさが込み上げる。

ソフィアは、たまらなく泣きそうになっていた。

彼のことを忘れようと思えば思うほど、想いは膨らんでいく。

円形の舞台の上では、審判が勝利者であるリアムの名前を告げようとしているところだった。ところが。

「待て」

よく通る声がそれを制止した。銀色のマントを翻し、その場に颯爽と立ち上がったのは、ソフィアの隣にいるニールだった。

「試合はまだ終わりじゃない。最後は私が相手だ」

ソフィアは弾かれたようにニールを見上げる。

突然の王太子の宣言に、審判をはじめ場内は水を打ったように静まり返った。

舞台の真ん中に佇むリアムはニールに視線を向けると、その瞳を猛獣さながらに鋭く光らせる。

ワアアア、と闘技場が今までにないほどの歓喜に満ちた。

「ニール殿下が闘うだって？　これは見物じゃないか！」

「ニール殿下は、二年前までは騎士団長を務めていたほどの実力の持ち主だぞ！　かつては、毎年のようにこの親善試合で優勝していたしな！」

ニールは観覧席を離れると、舞台へと歩んでいった。そして待機していた騎士のひとりから剣を受け取ると、舞台の中ほどへと歩み出る。

リアムとニール、ふたりは大勢の観客に囲まれた闘技場の真ん中で、睨み合う形となった。

度重なる試合のため肩で息をしているリアムが、間近でニールに射抜くような眼光を向ける。

だが、ニールは少しも怯む様子がなかった。重厚な剣を構え、漆黒の瞳に炎を漲らせる。リアムもニールの決意に応えるように続けて剣を構えた。

――キンッ！

青空高く、ふたつの剣がぶつかり合う音がこだまする。

――キン！　キン、キン！

押しつ押されつ剣を交わし合いながら、男たちは舞台の上で互いの動きを懸命に目で追っていた。剣の切っ先は太陽の光を受けてギラリと輝き、光る汗は緊張と闘志に満ちた空気の中を舞い散っていく。

風になびくリアムの鳶色の髪に、動きに合わせて翻るニールの銀色のマント。荒々しい息遣い、絡み合う視線。

ソフィアは、剣をぶつけ合うふたりの男をハラハラしながら見ていた。

剣は力量がすべてではない。相手の動きを読む能力と揺るぎない精神力こそが最終的に勝敗を決めると、以前に父から聞いたことがある。舞台の上で戦う男たちは、両者ともに強靭《きょうじん》な精神力を兼ね備えているように見えた。

息をつく間もないほどの、長い攻防戦だった。肩で息をしつつも一歩も譲らないふたりを、誰もが固唾を呑んで見守っていた。誰かの緊張も期待も、剣と剣のぶつかり合う甲高い音が片っ端から吹き飛ばしていく。

――キン！

ひときわ大きな音を響かせ、剣と剣が擦れ合った。今まで以上の重圧がかかり、これまでの疲労も手伝って、ニールがほんの一瞬バランスを崩す。

リアムは、ようやく訪れたその機会を逃しはしなかった。

一瞬の隙に先手を取り、腰を落とすと、剣を水平にした特殊な攻撃法でニールの鼻先に切っ先を突きつける。

ギラリと光る剣の先で、ニールが目を見開き凍りついた。剣の向こうには、一寸の迷いもなくニールを睨みつける鋭い碧眼がある。

鼻先に剣を突きつけられることは、負けを意味する。もはやニールに反撃の機会はなかった。

この国の王太子の敗北を前に、観客たちは皆言葉を失う。

「お前は……」

ニールが地を這うような低い声を出す。

「お前は、何者だ……？」

敗北を悔いるというよりも、なにかに気づき驚いたように目を見開いているニール。

ドクドクと鳴る胸を必死に押さえながら一部始終を見ていたソフィアは、そんなニールの様子に違和感を覚える。

（どういうこと……？）

リアムが何者かなど、ニールは既に知っているはず。それなのに、どうして今さらそんな質問を投げかけるのか。

するとリアムが、ニールを見下ろしたままおもむろに口を開いた。

「俺は……」

どこまでも深い青の瞳が、神秘的な炎を宿す。

「俺は、ソフィア様に永遠の忠誠を誓った下僕にすぎません」

リアムの答えは、思いがけずしてソフィアの胸の奥にズシリと沈み込んだ。

リアムを突き放す覚悟を決めたはずなのに、気持ちが大きく揺らぐ。

今すぐに駆け出して、ソフィアのすべてを包み込んでくれるあの胸に飛び込みたい。

そして愛の言葉を告げることができたのなら、どんなに幸せだろう。だが、もちろんそんなことは許されない。それに、リアムとソフィアの気持ちが根本的に異なっていることも分かっている。

リアムはあくまでも下僕として、ソフィアのそばにいることを望んでいる。だがソフィアは、リアムに主従の域を超えた恋愛感情を抱いている。その相違もまた、ソフィアを苦しめた。

「ハハッ！　滑稽だな！」

そこで突如、けたたましい男の笑い声が観客の中から響いた。

「隣国が戦争に突入しようとしているこの時期に、呑気に親善試合だと？　愚かしいにもほどがある！」

中折帽を目深に被り、薄汚れた衣服を身にまとったその男は、観客席の真ん中で狂気じみた声をあげた。

「ハイデル王国の聖人たちが、平和ボケしたこの国の国民たちに今こそ制裁を与えよう！」

男が怒鳴り終えるなり、観客席のあちらこちらで仲間と思しき男が立ち、体から凶器を取り出した。そして、一斉に散りはじめる。

ハイデル王国の組織によるテロ行為だ。情勢の悪化に伴い、ロイセン王国だけでなく友好国であるカダール王国も標的にされたのだろう。

観客たちは悲鳴をあげながら、出口を求めて逃げ惑う。

舞台の端に控えていた騎士たちが事態に気づき、剣を手に立ち上がった。

騒乱の中、特別観覧席でソフィアは不安に駆られていた。しっかりしなくてはと思うものの、どうしたらいいのか分からず、体が小刻みに震える。

皆が自分の身を守ることに必死で、ひとり佇むソフィアには目もくれない。だが、そんな中で一目散にソフィアのもとへと駆けつけてくる者がいた。

先ほどまで、舞台上でニールを追い詰めていたリアムだ。よほど焦っていたのか、いつも冷静な彼にしては珍しく、額に汗を滲ませ荒々しい息を吐いている。

「ソフィア様、ご無事ですか⁉」

「リアム……」

いつだってそうだ。リアムは、ソフィアのことを一番に考えてくれている。リアムの顔を目にするなり、ソフィアは行き場のない恐怖心から解放され、泣きそうになった。だがリアムとは縁を切るという誓いをすぐに思い出し、胸の奥に込み上げてきた熱い想いに、必死で気づかないふりをする。

「……私は、ひとりでも大丈夫よ」

あくまでも冷たい態度を決め込み、リアムを突き放そうとする。そんなソフィアの素振りにリアムは一瞬戸惑いを見せたものの、すぐに凛々しい騎士の表情を取り戻した。

「ひとりは危険です。城へと通ずる地下道に案内しますので、そこからお逃げになってください」

ソフィアの返事を待つことなく、リアムはソフィアの背中を抱くようにして歩き出す。

闘技場内は、既に乱闘騒ぎになっていた。あちらこちらで騎士たちとテロ集団が闘い、剣がぶつかり合う音と、逃げ惑う人々の声が絶え間なく響いている。

ソフィアを護りながら、リアムは器用に人込みを縫い歩いていく。そっと見上げたリアムの眼差しは息を呑むほどに真剣で、彼がソフィアの身を守ることに全力を注いでいるのがひしひしと伝わってきた。

地下道へと続く、石造りの入り口が見えた時のことだった。剣を手にしたニールが、ふたりの前に姿を現す。

「ソフィア、ようやく見つかった……！」

「殿下……」

だが、ソフィアに寄り添うリアムに気づくやいなや、ニールは眉間に皺を寄せた。

そして、厳しい口調で言い放つ。

「あとは、私が彼女を連れて行く。君は舞台で応戦してくれ」

「かしこまりました」

鋭い碧眼を光らせながらリアムは答えると、ソフィアの身を案ずるような視線を残し、彼女の傍から離れた。そして舞台に駆け上がるなり、敵とさっそく剣を交わしはじめる。舞台では、随所で命がけの攻防戦が繰り広げられていた。

「さあ、行こう」

ニールはソフィアを地下道へと導こうとしたが、ソフィアはリアムが気になって、立ち止まったまま舞台から目が離せないでいた。そんなソフィアを戒めるように、ニールが強く言い放つ。

「ソフィア、心配するな。素人の集まりの武装集団など、騎士たちがあっという間に鎮圧するだろう」

「分かっております……」

そうはいっても、視線が勝手にリアムを探してしまう。そこでソフィアは、闘う男たちの中に不気味な者を見つける。鉄製の仮面で顔を隠した、怪しい男だった。

（あの人、どこかで……）

遠い昔、ソフィアはあの鉄仮面の男を見た気がした。だが動転している頭では、それがどこだったか思い出せない。妙な胸騒ぎだけが、不穏に広がっていく。

しきりに辺りを見回している鉄仮面の男は、誰かを探しているようだった。やがて鉄仮面は標的を定めたようで、剣を構えてじりじりとそちらに近づいていく。男の向かう先では、リアムが三人の敵を相手にひとりで戦っていた。

（まさか……）

悪寒に、ソフィアは身震いした。

「ソフィア、いったいどうしたんだ？」

なかなか進もうとしないソフィアに、しびれを切らしたニールが語気を荒げる。

「殿下、申し訳ございません……！」

気づけばソフィアは、勢いよくニールの手から剣を奪い取っていた。そしてすぐさまドレスを翻し舞台に駆け上ると、両手で剣を掲げて走り出す。

「ソフィア‼」

ニールが呼びかけるも、ソフィアの目にはリアムしか映っていなかった。愛しい下僕のもとへと、自分のすべてを捧《ささ》げて駆けていく。

「リアム、逃げてっ！」

ソフィアが叫ぶのと、鉄仮面の男が剣を振り下ろしたのはほぼ同時だった。

——キンッ！

間一髪滑り込んだソフィアの剣が、リアムの背中を狙っていた鉄仮面の男の剣を押さえる。だが、一介の令嬢にすぎないソフィアと手練《てだ》れの男とでは、力の差は歴然だった。男の剣に圧され、ソフィアは地面に激しく打ちつけられた。

「ソフィア様！」

リアムが振り返り、倒れ込んだ彼女を抱き起こした。そして、目の前の鉄仮面を憎しみに満ちた瞳で睨む。

「ソフィア！」

遅れて、ニールがソフィアのもとへと駆け寄った。

「……ニール殿下。ソフィア様を早く安全な場所にお連れしてください」

ソフィアを片手に抱え、もう片方の手で剣を掲げながらリアムが言った。ぞっとするほど冷ややかな声色に、ニールが怯む気配がした。向かいでは、例の鉄仮面の男がじりじりと間合いを詰めている。

「……分かった」

リアムの声に従い、ニールはソフィアを誘い舞台横へと飛び降りた。

すぐに、リアムと鉄仮面の男との激しい剣の打ち合いがはじまった。奇妙なほどに腕の立つ男だったが、リアムのほうがやや優勢だ。

怒りに満ちているリアムは、これまで以上に俊敏で獰猛だった。鉄仮面の男はやがて身の危険を察知したのか、逃げるように場を離れ、人込みの中に紛れ込んで見えなくなった。

「ソフィア、怪我はないか？」

地下道に逃げ込んだところで、ニールが問うてくる。

「いいえ……。ご迷惑をおかけして、申し訳ございませんでした」

口ではそう答えても、ソフィアが心の中で想うのは、今も勇ましく剣を振るっているであろうリアムのことばかりだった。

嵐の夜の出来事

騎士たちの奮闘により、怪我人は最小限に抑えられ、武装集団の一派も捕らえることができた。

だが親善試合でのテロ事件は、平和に溺れていたカダール王国を大きく揺るがした。

そして間もなくして、ついにロイセン王国とハイデル王国は戦争に突入した。

ニールはよりいっそう外交に追われるようになり、今まで以上に城を空けることが多くなった。

いくら戦争に突入したとはいえ、リルベはロイセン王国の端にある。激しい戦火に巻き込まれる可能性は少ないものの、ソフィアは生家のことが気になって仕方がなかった。

その日は、まるで冬のように寒い日だった。空には鈍色《にびいろ》の雲が立ち込め、朝から激しく雨が降り続いていた。夕刻を過ぎる頃には雨は嵐に変わり、時折雷鳴が轟きはじめた。

ソフィアは、自室の窓から雨風に呑み込まれる庭をひとり眺めていた。

突風に花々が激しく揺れ、木々が悲鳴のようなざわめきを繰り返している。闇に覆われた空には神の裁きのような稲妻が走り、地上にゴロゴロと不穏な唸りを落としていた。

どうしようもなく、不吉な予感がした。気持ちを落ち着かせるように、右手の甲の傷痕をなぞる。

すると、コンコンとドアをノックする音がした。

「ソフィア様、失礼いたします」

入室を許可すれば、ニールの片腕であるアダムが姿を現す。

「ソフィア様。たった今、アンザム辺境伯が危篤との知らせが入りました」

「え？　おとう、さまが……」

ソフィアの頭の中が、真っ白になる。体が抜け殻のようになって、しばらくの間なにも考えることができなくなった。

アンザム卿の、穏やかな笑顔が脳裏をよぎる。幾度も頭を撫でてくれた手のぬくもりも鮮明に蘇った。

「そんな……」

悪い病に侵されていることは受け止めていたが、別れがこんなにも早いとは思わなかった。

なすすべもなくその場に崩れ落ちたソフィアの傍に、アダムが控えめに寄る。物言いたげなアダムの眼差しを、ソフィアは震えながら見返した。

「早く、リルベに帰らなければ……」

「ですが、この嵐の中では危険です。殿下がおられたとしても反対なさるでしょう」

ニールは、数日前から再びロイセン王国の王都リエーヌに赴いている。

「でも私、お父様になにひとつお礼を言えていない……」

せめて、花嫁姿を見せて安心させてあげたかった。

ソフィアの瞳から涙がこぼれ落ちる。

アダムが、しばらくの間考え込むように押し黙った。それから、意を決したようにこう言った。

「どうしてもとおっしゃるのなら、殿下には内密に馬車をご用意することもできます。御者は私が務めますので」

「本当……？」

ソフィアは顔を上げた。アダムの据わった瞳がソフィアに試すような視線を送っている。

「ええ。殿下が帰られるのは数日後。殿下には私から嵐がやんでからお送りしたと申し上げますので、ソフィア様はそのままリルべに滞在なさればよろしいかと」

ソフィアの顔に光が射す。アダムは、ニールが認めているだけあって器用な男だ。馬術にも長けていると以前にニールが褒めていたから、たとえ嵐であろうともうまく操縦してくれるに違いない。

それに今のソフィアは、一刻も早くアンザム邸に戻って父に会いたかった。

「では、お願いしていいかしら……?」

「かしこまりました。でしたら、表立って馬車を用意すると城の者が騒ぎますので、用意ができ次第、厩舎《きゅうしゃ》までお越しください」

「分かったわ。ありがとう、アダム」

アダムは淡々と頭を下げると、部屋をあとにした。


大急ぎで荷造りを終えたソフィアは部屋を抜け出すと、侍女たちに見つからないように回廊を駆け抜けた。途中、騎士の館が目に入る。

一瞬、リアムにも知らせようと思い立った。だが、ソフィアはすぐにその考えを呑み込む。

リアムとは主従関係を断ちきると、心に決めたのだ。今までのようにすぐに頼っていては、一生この関係から抜け出すことはできない。

ソフィアは、騎士の館の門扉から視線を逸らす。そして、絶え間なく雨音の鳴り響く回廊を抜け、城の外を目指した。

厩舎に行けば、アダムが馬を一頭繋いだ小型の箱馬車を用意していた。

「ソフィア様、どうぞ」

「ありがとう、アダム。あなたには感謝の気持ちでいっぱいだわ」

アダムが御者席に座り、鞭をしならせる。馬のいななく声が雨音に掻き消されたのは幸いだ。人に見つからないよう、裏門から外へと出ることができる。

大雨でぬかるんだ道は、馬車を激しく揺らした。天井を叩く雨音と、時折轟く雷音。世界は闇に包まれていて、視界は最悪だった。それでもアダムが操る馬車は、カダール城からどんどん離れていく。

（お父様、どうか間に合いますように……）

ひとりがけの狭い座席に座ったソフィアは、膝の上でぎゅっと両手を握りしめた。胸が押しつぶされそうなほどに苦しい。もっといい子だったら、もっと早くに結婚していたら、と後悔ばかりが胸に押し寄せる。

せめてお父様の息があるうちに、これまでのご恩を言葉にして伝えることができるなら――。

どれくらい時が過ぎただろう。アダムは最高速度で馬車を飛ばしてくれてはいるが、リルべまでは大分距離がある。だがこのペースだと、夜が明ける前までにはどうにか辿り着くかもしれない。

「アダム、大丈夫？　寒くない？」

御者席で雨に濡れながら馬を操っているアダムに声をかける。アダムは雨避けに羅《ら》紗《しゃ》のコートを着込んではいるが、心配だ。

「大丈夫でございます。私のことはどうぞお気になさらないでください」

ソフィアを安心させようとしているのか、雨に濡れながらもアダムは微笑を浮かべてみせた。

長い間ソフィアは気を揉みながら病床の父のことを思っていたが、夜が深まるにつれ、次第に眠気が襲ってくる。そしていつしか力尽き、座席に頭を預けて眠ってしまった。

——ドンッ！

ひときわ大きな雷鳴に、ソフィアははっと目を覚ます。カラカラという車輪の音と、大粒の雨音が耳に蘇った。相変わらず御者席で淡々と馬を操っているアダムの背が、視界に入る。

(どの辺りまで来たのかしら……)

身を起こしたソフィアは、窓の外を覗き込んだ。

馬車は、見たことのない山道を駆け上がっていた。鬱蒼《うっそう》と生い茂る針葉樹林が、強風に煽られ不気味な形にしなっている。

(ここは、どこ……？)

リルベまでの道のりに、山などなかったはずだ。

違和感を覚えたソフィアは身を乗り出し、アダムに問いかけようとした。だが馬の手綱を持つ彼が、もう片方の手で懐から短剣を取り出すのを見て、身を凍らせる。

(どうして、こんな時に短剣なんか……)

ピカッと、森全体に閃光《せんこう》が弾けた。その光に触発されるように、ソフィアは今さらながら手紙のことを思い出す。

【故郷に帰れ、この売女】

憎しみに満ち溢れたあの手紙は、本当にリディア嬢が書いたものだったのだろうか？　だとしたら、奇妙な点がある。あの手紙に書かれていた字体は、リディア嬢から手紙をもらった際に見た令嬢らしい優美な筆記体とは似ても似つかなかった。今にして思えば、あの無骨な文字は女性というより男性のそれに近い。

悪寒に、体がぶるりと震えた。

リアムといる時に壺が落ちてきたのも、リディア嬢の仕業と考えると腑に落ちない点がある。昼間のサロンにしか顔を出さなかった彼女が、あんな明け方に城にいるはずがない。誰かに頼んだとも考えられるが、リディア嬢の仕業ではないと捉えたほうが妥当ではないだろうか？

ソフィアに他に怨みを持つものが断定できなくて、すべてをリディア嬢がしたことだと決め込んでいた。実際彼女が城を去ってから、ソフィアの身におかしなことは起こっていない。

（でも……）

恐怖から、喉の奥がつかえる。

（真犯人は他にいて、絶好の機会をうかがっていただけなのだとしたら……）

――ピカッ‼

再び、闇に沈む森に閃光が弾けた。ゴロゴロと唸りが鳴り響く中、まるでソフィアの疑念に答えるかのようにアダムが立ち上がる。そして、御者席からひらりと馬に飛び移った。

闇間に、アダムの掲げた短剣がギラリと光る。雨の降りしきる中、アダムはその短剣を馬車と馬とを繋いでいる革紐《かわひも》に振り下ろした。

急な山道を全速力で登っている馬車は、断崖絶壁に差しかかっていた。バランスを崩そうものなら、あっという間に谷底に落下してしまう切り立った崖だ。

「アダム……。いったいなにをしているの……⁉」

ソフィアの声に、再び短剣を振り上げたアダムが視線をちらりとこちらに向けた。弾けた閃光が、その眼差しを闇に浮き彫りにする。まるでソフィアを責め立てるように、アダムはまっすぐ彼女を睨んでいた。

「あなたが悪いのです」

――ザクッ！

革紐を、一本一本確実に断ち切っていくアダム。箱馬車が馬から外れてしまえば、すぐに山道を急降下してソフィアもろとも崖から落ちてしまうだろう。

「そもそも、あなたが十年前に彼を助けさえしなければ……」

（十年前……？）

アダムがなにを言っているのか、ソフィアには分からなかった。彼がソフィアの敵であったということと、これから彼女を殺そうとしていることを認識するだけで、精一杯の状態だ。

「さようなら。ソフィア・ルイーズ・アンザム」

――ザクッ。

ついに、最後の革紐が断ち切られた。

ソフィアは、精一杯目を見開く。原動力を失った馬車は、急激な速さでもと来た道を下降しはじめた。馬にまたがり、自分を冷たく見据えるアダムの姿があっという間に遠ざかる。

――ガタンッ！　ガタガタガタッ！

凹凸に車輪を取られながらも、馬車は後ろへの加速を止めない。

（ああ……）

激しく揺れる馬車の中で、ソフィアはすがるように自分の右手に頬を寄せた。リアムが何度も口づけたそこから、彼のぬくもりを探す。

（リアム……）

恐怖で胸が破裂しそうだった。間近に迫る死が怖くて、声すら出なかった。ただひたすらに、リアムを想う。あの魅惑的なブルーの瞳と、男らしい大きな手と、熱い唇の感触を思い出す――。

「ソフィア様‼」

その時、突如馬車のドアが開け放たれる。雨音に入り混じり、馬の蹄の音がせわしなく鳴り響く。

驚いたソフィアは、ドアの向こうに目を向ける。そこには、馬車と並行するように馬を操っているリアムの姿があった。

「リアム……？　どうして……」

「ソフィア様、早く！　早くこちらに来てください！」

今までに見たことがないほど必死の剣幕のリアムが、手綱を操りながら全力で手を伸ばしてくる。

ソフィアは無我夢中でドアへと寄ろうとした。だが指と指が触れ合う直前で、泥に車輪を取られた馬車がバランスを崩して大きく跳ねる。

「きゃあっ！」

「ソフィア様！」

馬を寄せるスペースを失ったリアムの手が離れていく。

開いたドアの外を見れば、断崖絶壁の崖はすぐそこまで迫っていた。想像を絶する恐ろしさに、ソフィアは声にならない声をあげた。

すると、崖と馬車の間に器用に馬を滑り込ませたリアムがもう一度手を伸ばしてきた。

「ソフィア様、俺を信じて！」

「リアム……」

「もう一度、手をこちらに！　あなたのことは俺が絶対に守る！」

リアムの強い物言いに惹きつけられるように、ソフィアは全力で手を伸ばした。触れ合った指先を伝い、リアムがソフィアの手首をきつく握る。そして、ソフィアを自分の方へと力強く引き寄せ馬に乗せると、手綱を引いて馬を制止させた。

その直後、今しがたまでソフィアの乗っていた馬車は崖から車輪を外し、ぐらりと傾いて闇へ吸い込まれていった。馬車が谷底に打ちつけられ崩壊する音が、激しい雨音を掻き消す勢いで山間に響き渡る。

ソフィアは震えながらリアムの胸に身を寄せ、その無惨な音を聞いていた。恐怖で心も体もどうにかなりそうだ。

激しい雨の中、リアムはそんなソフィアをしっかりと胸に抱く。

「ソフィア様、もう大丈夫です」

頭上から、優しい声が降ってくる。リアムが頭に唇を寄せる感触がした。逞しい二本の腕は、ソフィアをきつく閉じ込めて離さない。

「ああ、リアム……」

とてもではないが、言葉にはならなかった。激しい雨に打たれながらも、ソフィアは全身全霊でリアムのぬくもりを感じていた。

屋根も幌《ほろ》もない状態では、引き返すことも先に進むこともできない。雨に打たれながら、身を寄せ合うようにして馬で森をさまよっていたふたりは、やがて粗末な丸太小屋を見つける。

狩猟が盛んになる時期に、森の番人が監視場所として使う小屋だ。小さいながらも、小屋の隣には馬が休める屋根付きの厩舎も備えつけられていた。

「ひとまず、雨がやむまでここで休みましょう」

リアムはそう言うと、馬を止めた。

想像以上に、簡素な丸太小屋だった。木目のテーブルに椅子が一脚、それから毛布とロープ以外に目立ったものはない。だが、雨風をしのげるだけでも今はありがたかった。

　転がっていた燭台《しょくだい》の蝋燭《ろうそく》に明かりを灯し、全身びしょ濡れのソフィアが床に座り込み寒さに震えていると、間もなくして馬を厩舎に繋いだリアムが小屋に入ってきた。

「ソフィア様、お体は大丈夫ですか？」

　リアムはすぐにソフィアの真向かいに座り込み、心配そうに彼女を見つめた。

「大丈夫よ。そんなことより、どうしてリアムは私のいる場所が分かったの……？」

　本当は、寒くて凍えそうだった。だが、これ以上リアムの優しさに触れてしまえば、自分を見失うような気がした。だから、全力で震えを止めて話を切り替える。

「ソフィア様がいなくなられたと、侍女たちが騒いでいましたので」

　リアムは静かに答えた。

「それに、あの男の動向にも気を配っていましたから。彼も忽然と姿を消したことに気づき、良からぬ予感がしたのです」

「あの男って……アダムのこと？　彼は、いったい何者なの？　どうして私の命を狙うの？」

　アダムのことを思い出し、ソフィアは恐怖におののいた。善人の皮を被り、彼はずっとソフィアの命を狙っていたのだろうか？　考えただけで、身震いがする。アンザム卿が危篤というのも、おそらくソフィアを陥れるためのでっち上げだったのだろう。

「彼はおそらく、十年前に俺を殺そうとした男です」

悔しそうに吐き捨てるリアムに、ソフィアははっと息を呑む。

『そもそも、あなたが十年前に彼を助けさえしなければ――』

嵐の中、アダムはソフィアを責め立てるように睨みながら、たしかにそう言った。

つまり〝彼〟とはリアムのことであり、アダムの正体はあのリエーヌでのテロ事件の時、少年だったリアムを切ろうとした鉄仮面の男なのだろう。

「どうして……」

先日の親善試合の時も、鉄仮面を被った男がリアムに襲いかかっていた。あの男の正体も、まさかアダムなのだろうか？

「どうしてアダムは、あなたの命を狙ったの……？」

窓の外で閃光が走り、薄暗い部屋を一瞬だけ光が包む。青白い光に映し出されたリアムの顔は、身の毛がよだつほどに色っぽかった。濡れた鳶色の髪のせいで、彼の持ち前の男らしさが際立っている。

リアムは、ソフィアの問いかけに答えようとはしなかった。彼自身もその答えを分かっていないのか、それとも分かっていてあえて口にしないのか、読み取るのが難しい。

「俺は……」

ようやく絞り出されたリアムの声には、悔しさが滲み出ていた。

「あなたを危険な目に遭わせてしまった自分が情けない……」

リアムの手が、遠慮がちにソフィアの頬に触れる。だがソフィアがビクッと震えると、その手はすぐに離れていった。

「冷たい。まるで氷のようだ」

そこでリアムはソフィアの体に視線を這わせ、険しい顔つきになる。

「そんな濡れた服を着ていたら、体が凍えてしまいます。すぐに脱いでください」

リアムの言う通り、雨水を吸い込んだドレスはずっしりと重たく、ソフィアの体を芯から凍えさせていた。じっと耐えてはいるが、指先や足先には既に感覚がない。

だが、ソフィアは緩やかに首を振った。

「……嫌よ。着替える服がないもの」

リアムに毎日のように着替えを手伝ってもらっていたあの頃とは違う。リアムに対する自分の想いに気づいた今は、彼の前で以前と同じようには振る舞えない。

「そこの毛布にくるまればいい。そのままだと、ひどい病気になってしまいます」

それでも、ソフィアは断固として首を縦には振らなかった。寒さが全身をくまなく巡り、いよいよ震えを隠せない段階まできている。顔だって、きっと蒼白だろう。それでも、異性と認識したリアムの前で服を脱ぐのには抵抗があった。

すると、突如リアムが強引にソフィアを抱き寄せた。リアムの手が、ドレスの背中の紐を外しはじめる。

「あなたがやらないなら、俺がやります」

「触らないで……！　自分でするから」

ソフィアは慌ててリアムの体から逃れると、部屋の隅に移動した。

リアムに触れられるのが怖かった。あの熱を肌に感じてしまえば、心に決めたすべてが消えてしまう気がした。ニールと結婚するという決意も、リアムとの主従関係をやめることも。

ソフィアの態度に虚をつかれた顔をしつつも、リアムはなにも言わなかった。そして、目を伏せ背を向ける。後ろを向いているから脱げという意味なのだろう。

ソフィアは毛布を手繰り寄せると、おぼつかない手つきで着ていたドレスを脱ぎ捨てた。ペチコートとコルセットも外せば、雨水の冷たさと重みから体がようやく解放される。

迷ったが、上半身を覆っていたシュミーズも脱いだ。雨水はシュミーズまで染み込んでおり、肌に張りつき不快だったからだ。アンダーウェアだけの状態になると、ソフィアは急いで背中から毛布をかけ、裸体をすっぽりと覆った。

「もう、大丈夫よ」

そう伝えれば、リアムはようやくこちらを向いた。濡れた衣服を脱いで毛布にくるまったソフィアを確認すると、安心したように表情を和らげる。

「夜が明ける頃には雨がやむと思います。それまで眠っていてください」

ソフィアは、リアムに言われた通り床に横になる。

リアムは壁際に移動すると、壁に背を預けるようにして片膝を立てて座った。自分自身は、眠らずにソフィアを見守るつもりのようだ。

窓の外では、相変わらず激しい雨音が続いていた。だが、次第に雷はやみつつある。この分だと、リアムの言う通り明け方には外に出られるかもしれない。

ゆらめく蝋燭の薄明かりだけが頼りの丸太小屋の中で、ソフィアは目を閉じようとした。だがいろいろなことが起こりすぎたためか、頭が冴えてなかなか寝つくことができない。

ふいにリアムを見れば、体が微かに震えている。ソフィアははっとした。リアムだって、全身ずぶ濡れの状態なのだ。

「リアム。あなたは、寒くないの？」

「俺は平気です」

「でも、震えてるじゃない」

ソフィアは毛布で体を隠しながら起き上がった。つらそうなリアムを見ていると胸が苦しくなり、自分がいかに身勝手な行動を取っていたかを思い知った。意を決して、リアムに呼びかける。

「リアムも服を脱いでこっちに来て」

するとリアムは、厳しい表情をこちらに向けた。

「でも……」

「でも？」

「ソフィア様は、他の男がそばに寄るのが嫌になってしまったようなので」

哀しげな響きの声だった。おそらくリアムは、先ほど服を脱がせようとした時にソフィアが抵抗したのを気にしているのだろう。リルベの湖畔で剣術の稽古に勤しんでいた時は、なんの抵抗もなく着替えを手伝わせていたのに。

るようだ。

『他の男』などという言い回しから考えるに、リアムはそんなソフィアの変わりようを、ニールに心を奪われたために他の男を受け付けなくなったからだと思い込んでいるようだ。

ソフィアの胸の奥がじんと震えた。

違う、そうじゃない。

「大丈夫、あなたは特別だから」

毛布の隙間から右手を差し出す。

「あなたは、私の忠実な下僕だもの……」

ソフィアは、下僕という言葉を、まるで逃げ道のように使っている自分に気づいた。

リアムに本音をさらせないもどかしさに、心が嘆いている。

ソフィアの言葉を受けて、リアムは寂しげに微笑んだ。そして差し出された右手に近づくと、忠誠のキスを落とした。

柔らかな感触が手の甲を介して全身に伝わり、ソフィアの心を震わせる。

リアムは上着を脱ぐと、下に着ていたシャツも脱ぎ捨てた。鍛え上げられた上半身が、オレンジ色の蝋燭の炎に映し出される。そしてロングブーツを片方ずつ脱ぐとベルトと剣を取り外し、まとめて床に置いた。ズボン一枚になったリアムは、毛布に手をかける。

裸の胸が見えないように、ソフィアは両手を胸もとでクロスした。

ふたりで同じ毛布に入り向かい合う。ソフィアの額には、リアムの柔らかな前髪の感触がある。胸もとで交差した手の向こうには、厚い胸板の気配がした。

互いの体温が毛布の中でひとつになっても、決して肌と肌が触れ合うことはない。まぶたを伏せたリアムは、目と鼻の先にあるソフィアの顔を見ようとはしなかった。

ソフィアは、リアムへの想いに気づいた今、幼子のようにリアムとたやすく触れ合ってはいけないと思っている。そしてリアムもまた、ソフィアの心はニールに向いていて、これまでのように触れてはいけない存在だと認識しているのだろう。

こんなに近くにいるのに、心は遠かった。本当は、今すぐにでも触れて優しい熱に溺れたい。けれどもそれは許されない行為なのだ。

込み上げる想いにぎゅっと胸が苦しくなり、視線を泳がせたソフィアは、ふとリアムの腕が震えているのに気づいた。

見れば、リアムの体は完全に毛布に入りきれていない。ふたりで入るには小さいのだ。よほど身を寄せない限り、ふたりとも完全にくるまるのは無理だろう。

「寒いの？　もう少し近づいていいのよ」

ソフィアが言っても、リアムは「いえ、大丈夫です」と頑なに拒んだ。

迷ったが、ソフィアは片腕で胸を隠すようにして、もう片方の手でリアムの手に触れた。手を繋ぐ程度なら、友人同士でもする行為だ。

「これで、少しはあたたかい？」

微笑めば、青い瞳がようやくソフィアを見据えた。

「……はい」

彼の洗練された微笑を見たのは、久しぶりのような気がした。


ふたりはしばらくの間、手を繋いだまま横になっていた。息遣いから互いにまだ眠っていないことが分かったが、どちらも話しかけようとはしなかった。

窓の向こうからは、相変わらず雨風の吹き荒れる音が聞こえている。隙間風に蝋燭の炎が煽られ、一体化するふたりの影を揺らした。

リアムの体の震えは、やがて止まった。恐怖も不安も緊張も溶け出し、リアムのあたたかな手の感触だけがソフィアの心を支配する。

日がな一日、重い剣を握る男らしい手。幾度もソフィアの髪を撫でてくれた優しい手。場違いなほどの安らぎを覚えたソフィアは、いつしか子供の頃のことを思い出していた。

「ねえ、リアム。覚えてる？」

「なにをですか？」

「リアムが泥棒の汚名を着せられた時、こうやって手を繋いで眠ったこと。あの時のこと、思い出さない？」

　ソフィアが十歳の頃、客人のダイヤモンドのネックレスを盗んだ騎士を庇い、リアムがアンザム邸の地下にある牢獄に入れられたことがあった。あの時、ソフィアは夜に地下に忍び込み、鉄格子越しにリアムと手を握り合って眠った。

　あの時も、最初は恐怖と不安で胸が押しつぶされそうだった。それでもリアムの手のぬくもりを感じているだけで、次第にどうにかなるような気になった。その状況に、今の状況が重なった。

　微かにリアムが笑う。

「俺は何度も『帰ってください』とお願いしたのに、ソフィア様が言うことを聞かなかったんですよね」

　まるで子供をからかうような口調だった。リアムは、時々こうやって年上めいた口調になることがある。実際リアムのほうが四歳年上なのだが、ソフィアは子ども扱いされているようで面白くない。

「だって、あの冷たい牢屋にリアムをひとりになんかできなかったんだもの」

ふてくされながら、ソフィアは答えた。

「私たちはふたりでひとつじゃない。出会った時からずっと」

その瞬間、リアムの青い瞳がソフィアの目前で揺らいだ。

「そうですね。あなたにはいつも助けられてばかりだ。本当は俺のほうが守らなくてはいけないのに」

「そんなことないわ。ドレスの事件の時も、親善試合の暴動の時も、あなたは私を守ってくれた。それに今だって、私を命がけで助けてくれているじゃない」

繋がった手に力がこもるのを感じた。形のいい唇が、呼吸を整えるようにわずかに開く。

「当たり前です。あなたは、俺のすべてだから」

リアムの唇から放たれた言霊がソフィアの全身に浸透し、胸が激しく慟哭《どうこく》した。

触れそうで触れない肌がもどかしい。あの熱をもう一度感じたい。

リアムのブルーの瞳に射抜かれるうちに、ソフィアは徐々に自分の理性が崩壊していくのを感じた。吐息に惹きつけられるように、息が上がる。

気づけばふたりは、どちらからともなく顔を近づけていた。唇が触れ合った時、どうしようもなく泣きたくなった。

「ソフィア様……」

互いの存在をたしかめるようなキスのあと、ため息のように呟くリアムの声を聞いた時も、どうしようもなく胸の奥が苦しくなった。

触れては駄目。そう思うのに、再び顔を近づけてきたリアムに応えるように目を閉じていた。

徐々に深まるキスの音が、切なさを伴って耳に届く。絡み合う舌の熱さに、体の奥が疼いた。

胸もとを隠していたソフィアの腕が、ほどけていく。長いキスのあとようやく唇を離したリアムは、抑えきれないように荒い息を吐いて、ソフィアをきつく抱きしめた。

裸の胸と胸が重なる、初めての感触。リアムの体温にソフィアの体が溶けていく。

自分とは明らかに違う、リアムの筋肉質な胸。彼が男という生物であることを思い知らされ、羞恥心がソフィアを蝕《むしば》んだ。

「リアム、駄目……」

「どうして？」

額と額をくっつけ、いつになく凄むようにリアムが聞いてくる。なにかを焦っているような声だった。

剥き出しの背中に触れたリアムの掌が、燃えるように熱い。歓びと、罪悪感。相容れないふたつの感情が胸に押し寄せ、いたたまれなさに涙が溢れた。

「あなたとは、もう以前と同じようには触れ合えないの……」

リアムの顔が苦しそうに歪む。「どうして?」と再び問いかけた低い声は、その答えをもう分かっているようにも聞こえた。

「私はもう、あなたのことを男としてしか見られないから……」

今のソフィアには、その答えが精一杯だった。

あなたのことを、愛してしまったから。本当の想いを伝えれば、リアムは今以上に遠い存在になってしまう。ニールの妻となるソフィアは、果てしない絶望の中を生きなければならなくなってしまう。

だが、リアムは震えるソフィアを離してはくれなかった。怒りを込めるかのようによりいっそうソフィアをきつく抱きしめ、耳もとで囁く。

「俺はずっと、あなたのことを女としてしか見ていません」

リアムの指先が背中を流れ、ソフィアのくびれた腰を滑る。

「あ……っ」

思わず漏れた、自分のものではないような声。ソフィアは恥ずかしさに身をよじろうとするが、リアムは耳もとに強引に唇を寄せそれを阻止した。

「俺がいつも、どんな気持ちであなたに触れていたと思いますか？　無防備な姿のあなたの着替えを手伝う時、この白く滑らかな肌を目にした時……」

男らしくも、甘く切ない声色が、ぞくぞくとソフィアの耳の奥をくすぐる。

「決して俺の気持ちに気づくことのないあなたを、どんな気持ちで見つめていたと思いますか？」

予想外の告白に、ソフィアは目を見開いた。

（リアムも、私を……）

主人と下僕。その奇妙な関係性はふたりを近づけ、同時に引き離してもいた。

耳もとを逸れたリアムの唇が、ソフィアの首筋を滑り降りる。優しい刺激が肌を流れ、心を満たしていく。

冷えていた互いの体が甘い熱を帯び、気づけばソフィアは肩を震わせて泣いていた。

ソフィアの鎖骨にキスを落としたところで顔を上げ、リアムが我に返ったような顔を見せる。

「申し訳ございません、つい……」

表情を曇らせるリアムを見て、ソフィアはまた泣きそうになった。

触れられたくないからではない。触れられたくて泣いているのに。そんな複雑な想いは、リアムには伝わらない。伝わってはいけない。

リアムはその夜、それ以上ソフィアには触れてこなかった。

けれども一晩中、ふたりは抱き合って眠った。毛布の中で指と指を絡めるように繋がれた手は、まるで吸着したように離れることはなかった。

重なる心

　カダール城内にハイデル王国の密偵がいるという情報をニールが入手したのは、親善試合の事件の直後だった。そのため、ニールは戦争がはじまり不穏に満ちたロイセン王国の王都リエーヌまで赴き、躍起になって情報を探った。

　結果得られたのは、ニールの従者であるアダムこそが、かつてハイデル王国の組織の重要人物だったという信じられない事実だった。

　怒りに打ち震えたニールは大急ぎでカダール城に戻ったが、そこでさらに衝撃的な出来事に出くわす。

　ソフィアが、アダムに殺されそうになったというのだ。命は無事だったものの、ソフィアはすっかり疲弊しているとのことだった。

　馬車に乗ったまま崖から落ちそうになったソフィアを救ったのは、リアムだった。リアムはソフィアを城に連れ帰ったあとすぐにアダムを追い、隣町に潜伏しているところを捕まえ城に連行していた。

　冷たい岩壁で四方を囲まれた薄暗い空間に、つい先日までニールの片腕だった男が、両手足に手錠をかけられあぐらを組んで座っている。漆黒の瞳に怒りを漲らせながらニールが鉄格子の前で立ち止まっても、じっと前を見据え表情ひとつ変えなかった。

「まさか、お前がもとはハイデル王国の人間だったとはな。親善試合でのテロを計画したのもお前か？」

「左様でございます」

にべもなく、アダムは答えた。

ニールは唇を噛む。アダムがカダール城に来て七年、ニールの片腕と呼ばれる存在になって二年にもなる。そんなに長い間どす黒い影に気づかなかった自分が、心底ふがいない。

「お前のことは信頼していたのに……」

悔しさと嘆きで声がかすれた。

「……だが、なぜだ？　なぜ、私ではなくソフィアを狙った？」

アダムが、視線をゆらりと上げた。

「どうしても、彼女を消す必要があったからです。一度ならず、二度までも私の邪魔をした彼女を」

「……邪魔とは、どういうことだ？」

アダムは、すぐにはニールの問いかけに答えようとはしなかった。冷たい石の床に視線を落とし、なにかを考えるように押し黙る。長らくの沈黙のあと、ようやくアダムは口を開いた。

「殿下は、ロイセン王国に昔から伝わる予言をご存知でしょうか?」

急な話の展開に、ニールは眉根を寄せた。それを否定の返事とみなしたのか、アダムは不可思議な話の先を続ける。

「『鳶色の髪の王太子生まれし時、その血とともに、王朝は滅びの道を歩みけり』……。ロイセン王国を治めるアルバーン家は、初代から何代にも渡って金髪の家系でした。ですが突然変異で鳶色の髪の王太子が生まれ殺された時、ロイセン王国は滅びるという意味の予言です」

「鳶色の髪……?」

先日剣術の試合で目の当たりにしたばかりの、リアムの髪色がニールの脳裏に浮かぶ。

「代々のロイセン王は、その予言に脅え続けた。そして今の王の代に、ついに予言通り鳶色の髪を持った赤子が生まれたのです」

鉄格子の向こうで、アダムの瞳が鈍く光った。

「ロイセン王宮の幹部たちは鳶色の髪の王太子を守るため、その存在を公にはせずに城の地下に幽閉して育てることにしました。十年前、ハイデル王国の秘密組織にいた私に、その王太子を殺せという指令がくだりました。そして私たちは、王都リエーヌに爆薬を投げ入れ、王宮内が混乱した隙に幽閉された王太子を見つけ出し、毒薬を飲ませました。ですが、彼にとどめを刺す前に思わぬ邪魔者が入り、計画は完全にはやり遂げれずに終わったのです……」

忌々しげに、アダムは言葉を吐き捨てた。

「だが、どちらにせよ王太子は死んだものと確信していました。猛毒が彼の全身を蝕むのは、時間の問題でしたから。けれども、その後カダール王国に身を寄せることになった私は、十年という時を経て、あろうことか死んだはずの王太子にそっくりな騎士に再会したのです」

ニールは、自分の呼吸が小刻みになるのを感じた。勘のよいニールは、アダムの話の先を既に予想できていた。

「初めは他人の空似かと思いました。猛毒を飲まされた王太子が、生きていることなどあり得ませんから。ですが不安はぬぐえず、ソフィア様を怖がらせることで、彼女とともに彼を城から追い出そうと画策しました。けれども、それがただの他人の空似ではないことを知り、この手で彼を葬り去る決意をしたのです。死んだはずの王太子が生きていたことがハイデル王国に知られては、私の命が危険にさらされるからです。そのためにはまず、邪魔な彼女を消す必要がありました」

先日ライアンが書斎を訪れ、ニールにソフィアとリアムの出会いを話して聞かせた。その時、書斎の隅に控えていたアダムは、解毒剤によってリアムが命を取りとめたことを耳にしたのだろう。そしてリアムの正体を確信し、数日後の親善試合の際に行動に出た。

あの時リアムを襲った鉄仮面の男は、混乱に乗じて彼の命を奪おうとしたアダムだったのだ。だが、それもソフィアがリアムの前に身を投じたことによって失敗に終わった。

「そういうことだったのか……」

ニールは、剣術試合の際リアムが見せた攻撃法を思い出す。腰を落として剣を水平にする一風変わったとどめの技は、かの獅子王が得意としたものだったと文献で読んだことがある。技能に長けた者しか操れないといわれるその攻撃法は、獅子王の代から代々ロイセン王国の王子たちに内密に受け継がれていると噂されている。

まさかという驚きとやはりという納得の気持ちが、胸の奥に混在していた。

「こんなはずではなかったのだ……。災いの王太子はあの時死に、やがてロイセン王国は滅ぶはずだった。あの予言は絶対的なものなのだ。それなのに、あの女はことごとく運命を変えた。か弱そうなあの女の、どこにそんな力が……」

悔しげに歯ぎしりをするアダムを、ニールはなにも言わずに見つめていた。

すべてを知った今、嫌というほどの敗北を認めている。壮大な愛の絆には、第三者である自分が入り込む余地など微塵もないのだ。

決意を固めたニールは、アダムに背を向けると静かに廊下を歩みはじめる。まっすぐに前を見据える彼の心に、もう迷いはなかった。

＊　＊　＊

ソフィアの部屋をニールが訪ねてきたのは、アダムの事件が起こってから数日が過ぎた頃のことだった。

「少し、庭でも歩かないか」

ドアを開けるなり、微笑を浮かべてニールは言った。椅子に座り読書中だったソフィアは、「はい」と答えてニールにつき従う。

ニールに連れられ、ソフィアは回廊から中庭へと続く階段を降り、薔薇園に向かった。枝葉ばかりの冬のバラ園は、どこかもの悲しい。ニールに促されるままベンチに腰かけたソフィアは、かつてこの場所にニールとともに来たことを思い出す。

あれは、初夏の文学サロンの時だった。あの時、この薔薇園は色とりどりの薔薇で埋め尽くされていた。ニールに婚約を申し込まれ、動揺した視界の片隅に、黄色い薔薇の花が鮮やかに咲き誇っていたのを覚えている。

アダムの事件以降、ソフィアはニールとじっくり話をしていない。だから、おそらくアダムのことについてなにか言われるのだろうと思っていた。アダムが実はハイデル王国の手先だったことは、既に人伝いに聞いている。

だが、ベンチに座り鈍色の冬の空を仰ぎ見たニールは、思いもかけないことを口にした。

「君との婚約を、解消しようと思っている」

「え……」

突然のことに、頭の中が空っぽになる。ソフィアが口を開く隙を与えずに、ニールは続けた。

「ロイセン王国とハイデル王国の戦況は深まるばかりだ。我が国でも、祝い事などやっている場合ではない。それに……」

そこで、ニールはいったん息を継いだ。

「君は、私の相手ではないと判断したからだ」

息を呑むソフィアを見つめるニールの目は、いつになく冷ややかだった。

それに気づいた瞬間、ソフィアは思う。人前であられもない姿をさらして恥をかかせ、その上アダムに易々と騙され迷惑をかけたソフィアを、ニールは王妃にふさわしくないと判断したのだろう。

なにも答えることができずに、ソフィアは顔を伏せた。この先どうしたらいいのだろうという思いもあったが、胸の奥底で安堵している自分もいた。余命の短い父のためと思って、どんなに偽りを重ねようとも、結局ソフィアはリアム以外を愛せないのだから。

「分かりました……」

ニールに結婚相手として認められなかったふがいない自分が、すべて悪いのだ。両親を悲しませることへの罪悪感だけが、心の奥でくすぶっていた。

「殿下がそう望むなら……」

するとニールは、一瞬だけ苦しげな顔を見せた。だが、すぐに彼特有の余裕に満ちた笑みを浮かべた。

「それでは、すぐに身支度をはじめてくれ。明日、君をリルベに送り返すことにしよう」

　事務的に告げながら、ニールはソフィアの隣から立ち上がる。

「それから……君に忠実な騎士も一緒に」

　最後に捨て台詞のようにそう言い残して、ニールは枯葉の目立ちはじめた庭の向こうへと消えていった。


　出発の日。爽やかな秋晴れの中、ソフィアは馬車着き場でリアムが馬車に荷物を詰め込むのを見守っていた。カダール城に来る前まで彼が着ていた、黒地に金色の刺繍の施された騎士団服を見るのは久しぶりだ。

　婚約破棄の理由について、リアムは詳しくは聞いてこなかった。だがその話をした時、彼が神妙な面持ちになったのにはソフィアも気づいていた。

「終わりました」

　荷造りを終えたリアムが、ソフィアに声をかける。ソフィアはすぐに馬車に乗り込もうとしたが、馬車着き場へと近づいてくるスラリとした人影に気づき、はっとした。

それは、正装である濃紺の軍服に身を包んだニールだった。

瞬時に、ソフィアは硬直する。婚約を破棄された身でありながら、まさかニール自らが見送りに来てくれるとは思いもよらなかったからだ。慌ててスカートを摘まみ腰を落とす。

「恐れながら、殿下」

ソフィアは懐に手を忍ばせた。取り出したのは、以前にニールが贈ってくれたオレンジサファイアのネックレスだった。返すタイミングを逃していたので最後に会えてよかったと思う。

「このネックレスをお返しします」

ソフィアとリアムの目前で足を止めたニールは、なにも言おうとはしない。怒っているようでも、微笑を浮かべているようにも見えない。そのなんともいえない表情がソフィアの不安を煽った。

束の間の沈黙のあと、ニールはネックレスを乗せたソフィアの掌をそっと握りしめた。ニールの掌は、思いもしなかったほどにあたたかかった。

「これは君に贈ったものだ。だから、この先も君に持っていてほしい」

「ですが……」

ソフィアは困惑した。あまり出回ることのないオレンジサファイアは、とても高価なものだ。それを、もはやニールにとって特別な存在ではない自分が持っていてもいいものかと戸惑う。

「それぐらい、許してくれないか」

ニールは口角を上げうっすらと微笑むと、オレンジサファイアのネックレスをしっかりとソフィアに握らせた。

ニールの寂しげな微笑の意味が、ソフィアには分からなかった。

困惑するソフィアを、「もう行け」とニールは優しく促す。

「殿下。本当に、なにからなにまでありがとうございました」

頭を垂れれば、ニールは「気にするな」と彼独特の余裕に満ちた笑みを浮かべた。

鞭を手にした御者が、御者席に座り準備をはじめた。ソフィアは最後にもう一度一礼すると、馬車に乗り込もうとした。

その直前に、突如ニールが地面に片膝をつき頭を垂れた。

驚きのあまり、ソフィアは一瞬なにが起こったのか分からなかった。片膝をつき頭を垂れるのは、服従の証だ。ニールのような高貴な人間がする行為ではない。顔から血の気が失せ、「殿下、どうしてそんなことを……っ」とソフィアは悲鳴に似た声をあげる。

「君にしているわけではない」

頭を垂れたまま、ニールが声を出す。

「いつか、しかるべき場所でお会いすることを心待ちにしております」

相手の見えないニールの台詞は、妙な重みを孕んでいた。

困惑しながら、ソフィアは隣にいるリアムを見上げる。

リアムは、深く思いを巡らせるような表情でじっとニールを見下ろしていた。そして無言のまま頭を下げると、先に馬車に乗り込んだ。


カダール王国の王太子との婚約が破談になり、生家に出戻りしたソフィアを、アンザム邸の一同は暗い面持ちで迎えた。

母のマリアは今にも倒れそうなほどに顔面蒼白で、あの能天気な兄のライアンですら落ち込んでいる。アンザム卿は優しく出迎えてはくれたものの、やつれた顔では憔悴を隠しきれていなかった。

ニールとの結婚によりアンザム卿を安心させるつもりが、逆に気苦労をかけてしまったことが、ソフィアは一番心苦しかった。

「カダール王国の王太子様に婚約を破棄されたことは、社交界に知れ渡っています。ああ、ソフィア。あなたはこれからどうするつもりなの？　出戻りのあなたと結婚したいなどという物好きなんて、どこにもいませんよ？」

ソフィアを前に、マリアはさめざめと泣いた。マリアの言っていることはもっともだ。隣国の王太子に捨てられたいわくつきの令嬢を、好んで妻に迎える貴族はまずいないだろう。

「お前はバカだよ。殿下はあれほどお前のことを気に入ってらしたのに」

ライアンも、いつになく棘《とげ》のある言い方をしてきた。

「どうせリアムと仲よくしすぎて、殿下を怒らせたんだろう。だが覚えておけよ、ソフィア。リアムは、永遠にお前のそばにいるわけじゃないんだぞ」

ライアンの思いがけない言葉に、ソフィアは衝撃を受ける。

「リアムだって、いつかは結婚するだろう。あいつと結婚したがっている女はいくらでもいるからな。結婚すれば、リアムはこの邸からは出て行くんだぞ」

ライアンに指摘されて、ソフィアは初めて気づいた。この先、気が遠くなるほどに長い時をひとり身で過ごすことになっても、リアムがそばにいてくれればそれでいいと思っていた自分に。

辺境伯令嬢であるソフィアと孤児で騎士のリアムは、絶対に一緒にはなれない。ソフィアの恋が叶う日は、永遠に訪れないのだ。

（それでも、リアムがこの家を出て行く時まで一緒にいられれば充分だわ）

リアムとの思い出を胸に、両親を支えながら細々と暮らそう。老いても毎日あの湖畔に出かけ、リアムのことを想おう。

そう心に決めたソフィアは、この恋心を胸に秘めることを誓った。その誓いが破れる日が、目前に迫っているとも知らずに——。

ハイデル王国と戦争をはじめたロイセン王国内は、物々しい空気に包まれていた。

それは、辺境地であるリルベも例外ではなかった。

戦争に出向いていたアンザム卿配下にある騎士団が一時帰郷した際、ソフィアは戦争の悲惨さを思い知ることになる。

腕に怪我を負い、血の滲んだ包帯を巻いている者。疲れ果てた顔で、足を引きずっている者。戦地での度重なる恐怖から自分を見失い、焦点の合わない瞳でブツブツとなにかを呟き続けている者。そして、命を落とした者。

戦争など本の中の出来事のように感じていた。だが、すすり泣く騎士の家族や痛みに苦しみうめく負傷者を見て、真の戦争の姿がソフィアの胸に迫る。

血生臭くて、残忍で、どこもかしこも哀しみに満ちていた。

遠く大砲の音が聞こえるたび、ソフィアは怯える日々を過ごした。

そしてソフィアがリルベに戻って半月が過ぎた、初冬の昼下がり。珍しくリアムから湖畔に誘われたソフィアは、彼の口から絶望的な言葉を浴びせられる。

「明日、騎士団が再び戦場に戻ります。今度は俺も一緒に行くつもりです」

初冬の湖は、淡い太陽の光を反射しておぼろげに輝いていた。黄色く色づいた木立が、水面でゆらゆらと揺れている。

湖畔に座るリアムを、ソフィアは呆然と見つめていた。徐々に世界が色を失い、心にぽっかりと穴が空いたような心地になる。

「嫌よ。絶対に、駄目」

気づけばソフィアは、駄々をこねる幼子のように繰り返しそう言っていた。涙で滲んだ瞳で、リアムをきつく見据える。

「あなたは、ずっと私のそばにいるって約束したじゃない」

もしもリアムが死んでしまったら？　戦争に行って、二度と帰って来なかったら？

そう思えば思うほどに、生きた心地がしない。

一生を一緒に添い遂げることができなくとも、せめてこの世界にあなたの息吹を感じていたい。

するとリアムが瞳を伏せた。彼の視線の先にあるのは、傷を負ったソフィアの右手だった。

「もちろん、俺は一生あなたのおそばにいるつもりです。その気持ちは、昔よりも今のほうがずっと強い。だからこそ、行かなければならないのです」

「意味が分からないわ」

それなら、どうして自分のそばから離れるなどと言うのだろう？　リアムの言っていることは矛盾している。

リアムは膝の上に無防備に置かれたソフィアの右手を取ると、愛しげに頬を寄せた。

「生まれた時、俺は既に死んでいました。薄暗い空間で、目先にある自分の死だけを意識し、屍《しかばね》のように日々を過ごしていました。だから十年前に殺されかけた時も、ついにその時が来たのだと漠然と思っただけです」

まぶたを閉じながら、昔を思い起こすようにリアムは物語る。

「俺は、あの時に死んでいるはずの人間でした。そういう運命だったのです。けれど……」

深海を彷彿とさせるブルーの瞳が、ソフィアを見つめる。

「あなたが、俺の運命を変えた」

リアムの瞳に射抜かれ、ソフィアの胸がドクンと跳ねた。

「本来は死んでいるはずだった俺は、残りの人生すべてをあなたに捧げる覚悟をしました。ただひたすらにあなたのおそばにいて、あなたを守り抜くつもりでした。あなたが恋をしようと結婚をしようと、下僕としてあなたのすべてを受け入れお仕えするはずでした。けれど……」

ソフィアの右手の傷痕に、リアムは唇を寄せる。その光景は洗練された絵画のように美しく、幾度見てもソフィアの心を熱くする。

「あなたへの想いが深まるにつれ、永遠にあなたを俺だけのものにしたいという欲望が生まれた。あなたは、死んでいた俺の野心を呼び覚ましてくれたのです。だから戦争に行って、この国に真の平和を導かねばなりません。この国が諍いを続けている限り、俺は必ずまた命を狙われるからです」

リアムが、よりいっそう声音を強める。

「そして平和を勝ち取ったあとには、あなたを公に我がものにし、多くの犠牲者のためにもこの国の平和を揺るぎなきものにしたい」

ソフィアには、リアムの言っていることのすべては理解できなかった。ただ彼が、戦争に行くという強い覚悟と、ソフィアへのたしかな愛情を持っていることだけは理解できた。

リアムの唇からようやく放たれた右手で、ソフィアは瞳に浮かんだ自分の涙をぬぐった。そして、微笑を浮かべる。

「分かったわ。もう止めない。その代わり、必ず帰って来て」

「はい、約束します」

春の木漏れ日のような微笑を携え、リアムが答える。背後でキラキラと輝く湖と相まって、その姿はこの世のなによりも尊いものに思えた。

「リアム……」

抑え込んでいた想いが、ついに溢れ出す。再び涙がソフィアの頬を伝った。

「あなたを、この世の誰よりも愛しています」

驚いたように、リアムが目をみはった。

「自覚したのは最近だけど、私はずっと、あなたに恋をしていました」

ようやく本当の気持ちがさらけ出せた今、ソフィアの胸は溢れんばかりの充実感に満たされていた。

「やめてください。下僕にすぎない俺に、そんな言葉遣いは……」

「どうして？　あなたは私にとって、この世のなによりも尊い存在なのよ」

その勇ましい鳶色の髪も、どこまでも澄んだ青い瞳も、胸に染み入る言霊を囁く唇も。すべて、永遠に記憶に残したい。

「だからお願い、リアム。私を抱いて」

リアムはおののいたように体を硬直させた。

「ソフィア様。なにを言って……」

「本気よ。どうせ私は、この先結婚できない身。それでもあなたに抱かれるならば、一生悔いは残らない」

いまだに戸惑いを消せていないリアムに、ソフィアは強い口調で言いきった。

「ならば、命令よ。リアム、私を抱きなさい」

遠く離れ離れになる前に、その熱と息吹を肌に刻みたい。

身を乗り出し、慣れないことに脅えを隠せないまま、ソフィアはリアムの唇に自分から唇を重ねる。

柔らかな感触を共有した途端、リアムの瞳に静かな炎が宿った。震える唇をどうにか離したソフィアをリアムは恍惚とした表情で見つめると、きつく掻き抱く。そして、耳もとで熱い吐息とともに低い声を響かせた。

「あなたのせいだ。俺はもう引き返すことはできない」

「……きゃっ」

檸檬《れもん》色のシンプルなドレスに身を包んだソフィアの背中と膝に腕を入れ、リアムは軽々と抱き上げた。そして、湖の脇にある茂みへと移動する。

鬱蒼と木々が生い茂るそこは、リアムがいつもソフィアの着替えを手伝っていた場所だ。通りかかる人がいても、姿が見えにくい。

露に濡れた芝に自分の首もとに巻いていた大判のスカーフを敷くと、リアムはその上にソフィアを寝かせた。見上げたリアムの顔は黄金色の木漏れ日を受けて、見惚れるほどに美しかった。

「リアム、愛しているわ……」

愛しい騎士の頬に指先を滑らせる。目を細めたリアムは、今までに見たことがないほど幸せそうな表情を浮かべた。

絡み合った指先を、リアムは自分の唇へと導く。魅惑的な唇に指先を一本ずつ含まれただけで、ソフィアの全身にしびれが走った。

「あ……っ」

反応するソフィアを見て、火がついたようにリアムはソフィアを組み敷いた。

「お許しください」

耳もとで、切羽詰まったバリトンの声が囁かれる。

「あなたを求めるあまり、優しくできない俺を」

すぐに重なった唇は、かつてないほどに強引だった。熱い息が、舌が、ソフィアの全身を焦がす。

ドレスも下着もずり下ろされ、素肌が露わになった時、猛烈な羞恥心がソフィアを襲った。だが、体を隠そうとするソフィアの両手をリアムはいともたやすく捕らえた。

そしてうつろな表情で、ソフィアの裸体に視線を這わす。

「あんまり見ないで……」

「どうして？　こんなにも美しいのに」

胸の膨らみに落ちてきた唇の感触に、ソフィアはこらえきれず声を漏らして体をのけぞらせる。

するとリアムは我慢しきれぬように胸もとに顔を埋め、この十年間の想いの丈を、甘い吐息とともにぶつけた。

湖畔の風が木立を抜け、夢中で互いを求めるふたりを見守るかのように木漏れ日を揺らす。

彼を体の中心に感じた途端、これまで経験したことのない歓びがソフィアの体の芯から込み上げた。

今のソフィアには分かった。愛する人のすべてを欲する、男女の気持ちが。けれどもそれは決して卑しいものではなく、こんなにも愛しく、涙が溢れてやまないほどに崇高なものだったのだ。

ふたりで幾度も感じたリルベの湖畔の風が、ひとつになったふたりの熱い息と溶け合った。

どんなに激しく互いを求めても、草の上で絡み合うふたりの指先は離れない。互いの熱を感じながら、ふたりはいつまでも愛しい恋人のぬくもりを肌に焼きつけていた。


翌日、リアムは騎士団の一行とともにアンザム邸を出発した。

「ソフィア様。リアム様は私が必ずお守りしますので、ご安心ください」

リアムの従順な部下であるサイラスは、出発の直前、ソフィアにそう約束した。

「お願いね、サイラス」

「は、命に代えても」

「リアム、気をつけて」

金模様の施された漆黒の詰襟軍服に身を包み、腰から銀色の剣を提げたリアムは、見惚れるほどに勇ましかった。見る人すべてを魅了する青色の瞳は、別れの間際までソフィアから目を離さない。

「ありがとうございます、ソフィア様」

名残惜しそうにソフィアを見つめていたリアムだったが、やがて決意を固め手綱を引く。いななきとともに、リアムの馬は歩みはじめた。

馬に乗った一行は、リルベの民たちに見送られながら、青空の下に広がる広野の向こうへと消えていく。その先頭を行く凛々しい鳶色の髪の騎士の背中を、ソフィアはいつまでも見送っていた。


アンザム卿配下の騎士団が旅立って二ヶ月。リルベに本格的な冬が訪れ湖が凍結する頃、ロイセン王国とハイデル王国の戦争は終結した。

圧倒的な強さのロイセン王国の騎士団を前に、ハイデル王国は無残にも敗れ去った。そしてロイセン王国に吸収される形となり、事実上国は消滅した。数多の犠牲者を出した長きに渡る両国間の因縁の争いは、ついに幕を閉じることとなったのだ。

戦争の終結から一ヶ月、リルベの騎士団も無事故郷に戻った。けれどもその中に、リアムの姿はなかった。最後の戦いまでリアムは雄々しく戦ったが、ロイセン王国側が勝利を確信した頃には、リアムとサイラスの姿はどこにも見当たらなかったという。

「あのおふたりはお強い。ですから、どこかで必ず生きていると我々は信じています」

騎士たちは、ふたりの失踪を涙を流していつまでも悔やんでいた。しかし、不思議とソフィアはショックではなかった。リアムが死ぬなどあり得ない。そんな確信が、心のどこかにあったからだ。

けれども冬が終わり、リルベの緑が生き生きと色づく春になっても、リアムがソフィアのもとに帰って来ることはなかった。

春が過ぎ、リルベが最も美しくなる季節がまた巡ってきた。その日も、ソフィアはひとり湖畔に赴き時を過ごしていた。

エメラルドグリーンの水面では、真っ白な睡蓮が花を咲かせ、トンボが優雅に宙を舞っている。初夏の湖畔の風はみずみずしい草の芳香を運び、太陽の恵みを受けた木々をざわめかせていた。

ソフィアは草原に生えたシロツメクサを集め、誰にあげるでもない花冠を作っていた。

手先は器用なほうだから、花冠はあっという間に仕上がる。脇に幾重にも重ねられた花冠を見て、「我ながら暇だわ」と笑ってしまった。

リアムは一向に帰って来る気配がなかった。侍女たちが彼の死を噂しているのも知っている。

（大丈夫、絶対にまた会える……）

今日も、ソフィアは何度も自分にそう言い聞かせる。けれども胸の奥底では、不安がじりじりと広がっていた。

そんな気持ちから逃げるように、目を閉じる。まぶたの裏に浮かんだのは、愛しい騎士の姿だった。

幾度もともに過ごした湖畔に佇めば、まるですぐ隣に彼がいるように思えて仕方がない。

花冠を作りすぎたと話すと、リアムはなんと答えるだろう？『あなたの作るものなら、なんでも美しい』。きっと、そう言うのではないだろうか。そしてあの神秘的なブルーの瞳を細めて、優しく微笑むだろう。

ソフィアは、愛しい恋人の頬へと右手を伸ばした。

今にもリアムが唇を寄せる気配がした。記憶の中のリアムの姿がたしかな実体を伴って、ソフィアの目前に迫る。

「リアム……」

思わず彼の名前を口にしたが、目を開けてもそこにリアムはいなかった。湖畔の風に、緑の草原が涼やかに揺れているだけだ。

「バカね……」

ソフィアの自嘲的な呟きは、空気に溶けて虚しく消えた。その時。

「ソフィア様……!」

草原の向こう側から、息せききってこちらへと駆けてくる者がいる。侍女のアニータだった。

「大変ですっ、ソフィア様……!」

ソフィアの目前でようやく足を止め、ぜえぜえと肩で息を荒げたアニータは、信じられないというように両目を見開いて言った。

「奥様が、至急邸に戻るようにとおっしゃっています……!」

「どうして?」

「来たのです、お手紙がっ!」

ソフィアが首を傾げれば、興奮しているアニータは脈略のない言葉をまくし立てた。

「手紙？」

「国王陛下からです。ロイセン王国の王太子様の婚約者として、ソフィア様をお城にお迎えしたいという内容のようでして……」

その瞬間、ソフィアの視界が暗く閉ざされていく。

「ロイセン王国の、王太子様……？」

ロイセン王の子息であるノエル王太子は、たしか四歳になったばかりのはず。いくら政略結婚といえど、四歳と十八歳では年が離れすぎている。なにゆえ、ロイセン王はそんな無茶を求めるのだろう。

複雑な思いが、ソフィアの胸に渦巻いていた。

「ソフィア、あなたはなんて運がいいの……！」

邸に戻れば、案の定、母のマリアは玄関ホールで手紙を片手に小躍りするように浮かれていた。

「相手は、いずれはこの国の王になる方ですよ！　カダール王国のニール王太子との婚約が白紙に戻った時は、いっそ尼僧にでもさせようかと本気で考えたほど悩みましたが、さすがは私の娘。これですべてが安泰ですわ！」

いまだ状況が呑み込めていないソフィアは、人形のようにその場に立ち尽くす。

「でもさ、母上」

代わりに口を挟んだのは、その場に居合わせたライアンだった。

「この国の王太子様は、ようやくおむつが取れた年頃の子供じゃないか。結婚しても、ソフィアは妻というより子守りのような扱いを受けるのでは？」

「なにを言っているのです。それでも、この国の王太子様であることには変わりありませんわ。それに心配しなくとも、十五年も待てば立派な男性になられるでしょう」

「だけど、その頃ソフィアは何歳だ？　男はだいたい、年増より若い女のほうがいいに決まっている。年頃になる頃には王太子様は若い妾をかわいがって、ソフィアには見向きもしなくなるんじゃないかな」

「まあ、ライアン。なんてはしたないことを口にするの！」

マリアとライアンのやり取りを、ソフィアはまるで他人事のように聞いていた。

相手が王太子だろうと子供だろうと、ソフィアにはどうでもいいことだった。ソフィアが心に決めた相手は、この世でただひとり。彼と結婚できないのなら、一生をひとり身で過ごすと心に決めている。家の安泰を考え、無理をして婚約を進めようものなら失敗することを、ニールの一件で学んだからだ。

リアムへの強い想いを自覚している今、ソフィアに迷いはなかった。

「お母様。申し訳ございませんが、国王陛下からの申し出はお断りさせていただこうと思っております」

マリアの動きが一瞬にして止まる。

頭を垂れながら、ソフィアは怯むことなく先を続けた。

「私は、カダール王国の王太子様に婚約を破棄された汚れた身。いずれはロイセン王となられる王太子様と、とてもではございませんが釣り合うとは思えません」

「なにを言っているの……？」

マリアの声は、いつも以上に冷ややかだった。

「このたびの求婚は、カダール王国の時とはわけが違うのよ。相手はこの国の王なのです。あなたに拒否権はありません。もちろん、私やお父様にも。国王陛下の命令は、なにがあろうと絶対なのです」

マリアの剣幕に、ソフィアは返す言葉を失う。

王の命令は絶対。逆らえば、一族もろとも窮地に陥るだろう。ソフィアの決意がどんなに固かろうと、関係のないことなのだ。

それほどに王の力、ことに数多の国を束ねるロイセン王の力は強大であることを思い知らされた。

数日後、マリアに尻を叩かれるようにしてソフィアはロイセン城に出向いた。求婚を受けるかどうかはともかくとして、書面にて王に謁見するよう命令があった以上従わねばならない。

ソフィアひとりで出向くようにとの異例の命令だったためか、ロイセン城からは充分すぎるほどの従者が馬車を率いて彼女を迎えに来た。ソフィアはマリアが特注で仕立てたドレスを着て、促されるままに馬車に乗り込む。

ウエディングドレスを彷彿とさせるシルクベージュのドレスは、一見してシンプルだが、レースや真珠によって細部まで緻密に装飾されている。大きく開いた胸もとには、同質の生地でこしらえた薔薇のモチーフが飾られていた。

清純さを彷彿とさせるドレスに合うよう、髪はあえてまとめられていない。耳の上に控えめに飾られた真珠の髪飾りが、風の吹くままになびく蜂蜜色の髪の持ち前の美しさを引き立てていた。

ロイセン城から寄越された馬車は、それは豪華なものだった。金の花模様の装飾が煌めく四輪馬車には、四頭の毛並みのいい白馬が繋がれていた。椅子はふかふかのビロード生地で、室内に漂うジャスミンの芳香が心を和ませる。

やがて馬車は、王都リエーヌに差しかかった。幾重もの塔の伸びた壮大な白亜の城が、ソフィアの視界に浮き彫りになる。

（お会いするだけよ。王太子様も年上の私との結婚など望まれていないはずだから、なんとかなるかもしれないわ）

幼い王太子が、ソフィアを見て怖がってくれればいいのに。『あんな年上の人と結婚なんてしたくない！』と駄々をこねてくれればこっちのものだ。

遠くそびえるロイセン城を眺めながら、ソフィアは祈るようにそんなことを思っていた。

政務のためにたびたび赴かねばならない父のアンザム卿とは違って、ソフィアはロイセン城に来るのは初めてだった。

現ロイセン王は社交の場を好まないらしく、夜会などを滅多に催さない。そのためソフィアのような貴族令嬢は、王に謁見する機会がほとんどないのだ。

見上げるほどに大きな鉄の門をくぐれば、目をみはるほどに美しい庭園が広がって

いた。木々も花々も造園師の手によって華麗に整備され、芸術的な美しさを保ってい
る。

　門扉を抜けても、城までは大分距離があった。今さらながら、ソフィアはロイセン城の壮大さを実感する。

　案内されるがまま、見事な天井画の広がるホールを抜け、ステンドグラスの美しいギャラリーを歩んだ。

　ロイセン王国の王都リエーヌは、ガラス産業で名高い。世界髄一を誇る技術によって埋め込まれたガラスは、輝く虹色の光を大理石の床に落とし、ソフィアはまるで夢の中を歩んでいるような心地だった。

「こちらでございます」

　王の間の入り口の前で、案内人は足を止めた。両開きの屈強な扉の隣には、金の額縁の大きな絵画が飾られている。この国を強大にした伝説の獅子王と、その妻アメリの肖像だ。

　赤い軍服に身を包みきりりと背を伸ばした獅子王は、絵の中から魅惑的な微笑を浮かべてソフィアを見つめていた。その隣にいる妻のアメリは、色白の肌に絹のような黒髪を束ねた、聖母のように美しい人だった。寄り添う彼らの様子から、ふたりがい

かに愛し合っていたかが伝わってくる。

ふと、ソフィアの胸に寂しさが込み上げてきた。

獅子王の姿絵に、今はどこにいるかも分からないリアムの面影が重なったからだ。

初めてリアムを見た時も思ったが、髪の色こそ違えど、やはりリアムは獅子王に似ている。

リアムに似た瞳で幸せそうな表情を浮かべ、私を見ないでほしい。そんな行き場のない心苦しさを抱え、ソフィアは開かれた扉の向こうに足を踏み入れた。

王の間は、驚くほどに広かった。真っ赤な絨毯が玉座に向かってまっすぐに伸び、両側の壁にはギャラリー以上に巧妙なステンドグラスの窓が並んでいる。窓から入り込んだ鮮やかな光が、金の幾何学模様の天井に反射して幻想的なプリズムを作り出し、思わず息をするのを忘れるほどに美しかった。

呆然と光の中を歩んでいると、足になにかがぶつかった。見れば、あどけない金髪の少年がソフィアのドレスに抱きつきニコニコと見上げている。

「あなたは、だあれ？」

少年は、胸もとに豪華な銀模様の装飾された、高価そうな水色の上着を着ている。

一目見て、ソフィアは彼がノエル王太子だということに気づいた。ひざまずき、まだ年端もいかぬ王太子に服従の姿勢を見せる。

「ノエル殿下。私は、ソフィア・ルイーズ・アンザムと申します。このたびは私のようなものにご求婚くださり、心よりお礼申し上げます」

ソフィアのかしこまった挨拶に、ノエルはどんぐりのような目をぱちぱちと瞬いた。まるで、事の成り行きが分かっていない様子だ。

「きゅうこんって、なに？」

「結婚を、申し込むことでございます」

「ぼくは、あなたとけっこんするの？」

そこで、王の間いっぱいに届くほどに盛大な笑い声が響き渡る。

「よくぞ来られた、ソフィア・ルイーズ・アンザム。だが、相手を間違えておるぞ」

笑いをこらえているような表情を浮かべ、芝居でも見るように玉座から身を乗り出してこちらを眺めていたのは、他ならぬ国王陛下その人であった。えんじ色のマントを肩にかけ、金色の王冠を被ったロイセン王は、人懐っこい笑みを浮かべていても圧倒されるほどに高貴なオーラを醸し出している。

その隣で涼やかに微笑んでいる王妃にしてもそうだ。特別派手な飾りのない薄茶色のドレス姿でも、持ち前の気品は薄れることなく、むしろ威力が増して見える。

ソフィアは慌てて玉座の前に行くと、スカートを摘まんで礼をした。

「このたびはお招きくださり、光栄に思っております」

「君に会えるのを心待ちにしていたよ。サイラスの言う通り、とても美しい女性だ」

ロイセン王は、金色の顎ひげを撫でながら瞳を細めた。

（サイラス……？　サイラスって、まさか……）

聞き覚えのある名前に心がざわついていると、玉座の後ろに控えていた衛兵のひとりが前に進み出た。

ソフィアは、思わず「あっ」と声をあげる。

それは、見紛うことなきリアムの部下のサイラスだった。後ろで束ねた赤毛も、精悍な顔つきも、リルベを出発した時とさほど変わりがない。

「サイラス、生きていたのね……！」

「諸事情がありまして、ご心配をおかけしました。この通り無事でございます」

かつてアンザム邸でそうしていたように、サイラスはソフィアに向けてうやうやしく頭を下げる。

感動で、ソフィアの胸はいっぱいになっていた。

「無事だったのなら、なによりだわ。けれど、どうして王宮騎士団の身なりをしているの？」

サイラスの着ている獅子の紋章の縫いつけられた朱色の上着は、ロイセン城直属の騎士団員だけが着ることを許されるものだ。

「それは、彼が我が城の騎士だからだよ。彼は、我が城に忠誠を誓った優秀な騎士の家系だからな。彼自身も騎士になり、かれこれ十五年になる」

サイラスの代わりに返事をしたのはロイセン王だった。

「十五年……？」

事情が呑み込めず、ソフィアは混乱する。

（どういうこと？　サイラスは、十年前からお父様の配下にいたはず……）

まるでソフィアの胸の内を察知しているかのように、ロイセン王は微笑んだ。

「それに、真の王太子の護衛も長い間彼に引き受けてもらっていた」

そこでロイセン王は、ソフィアの方に身を乗り出した。

「これから、君にある人物を会わせようと思っている。だが、その前に話しておきたいことがあるんだ」

（……真の王太子？　ある人物？）

次から次へと投げかけられる不可解な王の台詞に、頭が追いつかない。

「はい……」

なにひとつ理解できないソフィアは、困惑の表情を浮かべつつも、どうにかそう返事をした。

ロイセン王は肘掛けに両腕を置くと、まっすぐにソフィアを見つめて語り出した。

「我が国には、古くから伝わる書物がある。それはこの国の滅亡を予言した、とても恐ろしいものだった。『王家の直系に鳶色の髪の王太子が生まれ、その王太子が殺された時、ロイセン王朝は滅びの道を歩む』という内容が記されている」

頭を垂れながら、ソフィアは黙ってロイセン王の言葉に耳をすましていた。

「代々の王は、その予言に怯えながら王位を継いだ。だが、予言の書に書かれたようなことは起こらなかった。そして私の代に、ついに鳶色の髪の王太子が生まれたのだ。私は彼の命を守るために、城の地下から一歩も出さずに育てることにした。国民に、その存在すら知らせずに」

苦しげに語る王の手を、王妃がそっと握りしめる。

「だが、予言に逆らうことはできなかった。王太子が十一歳になった頃、混乱に乗じて彼は毒薬を飲まされ連れ去られた。私は彼は死んだものと思っていた。だが、生きていたのだ。彼に忠誠を誓った騎士が彼の行方を追い、その事実を突き止めた」

（まさか……）

ソフィアの胸が大きく鼓動を鳴らした。ロイセン王の言わんとしていることが、ソフィアにも分かりつつあった。初めて会った時、地下通路で倒れ高熱に浮かされていたリアムの姿が脳裏を過る。

「予言とは違う顛末《てんまつ》に驚きつつも、私はサイラスに護衛を頼んでそのまま王太子を見守ることにした。不幸な運命を呪うこともなく、数々の試練に見舞われながらも、彼は立派に成長してくれた。それはすべて……」

ソフィアを見つめるロイセン王の瞳に、ぬくもりが宿る。

「君のおかげだよ。ソフィア・ルイーズ・アンザム」

ソフィアの全身がぶるりと震えた。驚きのあまり頭が真っ白で、息をするにもままならない。

すると、今度は王妃が穏やかな口調で話の続きを引き取った。

「実は、あの予言の書には続きがあったのです。遠い昔に誰かが持ち去ったために、私たちはその内容を知ることができませんでした。ですが先日、その続きが奇跡的に見つかったのです。そこには、こう書かれていました。『ただしその王太子が真実の愛に目覚めた時、運命が変わり、この国に真の平和が訪れる』と」

王妃は、よりいっそう優しい眼差しをソフィアに向けた。

「ソフィア。あなたには、言葉では言い尽くせないほどに感謝しています。あなたは私たちの息子の命を救い、この国をも呪われた運命から救い出してくれました」

その時、王妃の言葉が合図となったように、玉座の控えから人影が姿を現した。

瞬間、ソフィアは見えている世界が変わっていくのを感じた。ゆっくりとこちらへと歩み寄ってくるその姿から、凍りついたように目が離せない。現実を目の当たりにしてもいまだ頭の整理がつかず、放心状態のままだ。

（まさか、こんなことが……）

大空を舞う猛禽類を彷彿とさせる、猛々しい鳶色の髪。

深海のように、どこまでも深く魅惑的なブルーの瞳。

甘美な果実のごとく、形のいい唇。

それは、獅子の紋章が胸もとで雄々しく輝く朱色の軍服を着たリアムだった。

ソフィアの前で足を止めたリアムはブルーの瞳を瞬き、恍惚とした表情で彼女を見つめる。

幼い頃から幾度も目にした眼差しを前に、ソフィアはようやくこれが現実であることを理解した。はち切れんばかりのリアムへの想いが、今さらのように溢れ出す。

「リアム……」

涙が頬を伝い、ドレスの上にこぼれ落ちた。歓びが全身を突き抜け、ソフィアの体から力を奪っていく。今すぐに抱きつきたいけれど、体がしびれたように動かない。

リアムは腰を落とし、とめどなく溢れるソフィアの涙を指先でぬぐった。そして色とりどりの光の中で、木漏れ日のような笑みを浮かべる。

「ソフィア様は、このところ泣き虫ですね」

「あなたのせいよ……」

涙声で反論するソフィアの肩に手を添え、リアムが額に額を寄せる。それから苦しげに囁いた。

「お許しください。あなたに会うのが、これほどまでに遅くなってしまったことを」

額から伝わるぬくもりが、ソフィアに安らぎを与えていく。

ようやく、ソフィアは涙ながらに微笑んだ。そんなソフィアを見て、リアムは愛しくてたまらないといったふうに瞳を細める。

「無事で良かった……」

「当然です。あなたのためなら、俺はたとえ地獄からでも這い戻ってみせる」

するとリアムの背後にいたサイラスが一歩歩み出て、言葉を足した。

「王太子という立場上、ロイセン城で片付けなければいけない重大な任務があり、リアム様はすぐにはソフィア様を迎えに行くことができなかったのです」

王太子という響きに、ソフィアは今さらながら我に返った。

忠実な騎士として、いつもソフィアを見守ってくれたリアム。だが実際は、孤児だった騎士ではなく、あろうことか大陸一の規模を誇るこのロイセン王国の王太子だったのだ。

「リアム……様……」

リアムに再会できた喜びを打ち消すほどの恐怖心が、徐々に胸に芽生えはじめる。

ソフィアは脅えながら、リアムに向かって頭を垂れた。

「どうか、これまでのご無礼をお許しくださいませ……」

ロイセン王国の王太子ともあろうお方に、なんてひどい扱いをしてきたのだろう。服従を誓わせ、着替えを手伝わせ、危険な目にも遭わせた。知らなかったとはいえ、到底許されないことだ。

「ソフィア様、頭をお上げください」

困惑したような、リアムの声が聞こえる。

「ですが、私の気が休まりません……」

「そんなことをされても俺は嬉しくない。せっかく会えたというのに」

「どうか無礼を働いた私に罰をくださいませ……。どんな仕打ちでもお受けいたします」

リアムにならなにをされてもいい。それがたとえ重い処罰だったとしても、彼の望むことなら本望だ。

「……分かりました」

束の間の沈黙のあと、静かにリアムは返事をした。

すがるように顔を上げれば、気高く青い瞳がじっとソフィアを見下ろしていた。

やがて、リアムはこう言い放った。

「ソフィア・ルイーズ・アンザム。あなたに命じます。一生を俺のそばで添い遂げることを」

その瞬間、ソフィアの心臓が大きく跳ねる。

リアムのひと言が心をまっすぐに射抜き、あたたかな熱を広げていく。

「そして一生、俺以外の男に触れないこと、触れさせないことを」

冷淡なのにたしかな愛情を秘めている声音に、たまらずソフィアは大粒の涙を流した。

「……分かりました、リアム殿下。一生をかけて、私は罪を償います」

身に余るほどの幸せが、ソフィアの頭の先からつま先に至るまでみるみる行き渡った。

ソフィアのすべてが、今すぐにでもリアムの熱を欲していた。けれども王や王妃がいる手前、彼に触れるのは憚られていると、唐突に逞しい腕に抱き寄せられた。

我慢できないといった様子で、リアムはすぐに唇を重ねてきた。己のすべてを奪いつくすような濃厚なキスが、ソフィアの思考能力を奪っていく。

王妃が慌ててノエル王子の両眼を手で覆う一方で、ロイセン王は幸福に満ちた笑顔でふたりを眺めている。

「ソフィア様……、あなたを愛しています」

「私もよ、リアム……」

唇を離し、ようやく途切れ途切れの言葉を交わす。けれどもまるで惹きつけ合うように、またすぐに唇が重なった。

互いの存在をたしかめ合うように、角度を変えては触れ合う唇。優しいキスの応酬に、ソフィアは全身全霊で酔いしれた。

やがてリアムはソフィアの右手を取り唇を寄せると、十年前と同じ眼差しでソフィアを見上げた。

「ソフィア様、どうかこの先も覚えておいてください。これからも、俺の命は永遠にあなただけのものだということを」

「……はい、覚えておきます。永遠に……」

涙ながらに答えたソフィアは、この十年間幾度もそうしたように、リアムの頬にそっと触れた。

私の、愛しい下僕。

そして私もまた、この気高き王太子の永遠の下僕なのだ――。

特別書き下ろし番外編

リアムの帰還

柔らかな朝の光で、ソフィアは目を覚ます。

開け放たれた窓から漂うのは、緑豊かなリルベとは異なる町の匂いだ。ガラス産業で名高いロイセン王国の王都リエーヌは、ガラスを煮詰める時の独特の刺激臭にいつもほんのり包まれている。

ソフィアとリアムが再会して、一週間の時が流れた。

ソフィアは今、すやすやと眠るリアムの胸の中にいる。鍛え上げられた裸の胸には、かつてはなかった傷痕がいくつかあった。おそらく、こたびの戦争でできたものだろう。リアムがこの国とソフィアのためにどれほど果敢に戦いに挑んだのかが伝わり、ひりつくような愛しさが胸に込み上げる。

(どんな瞬間も、たまらなく愛しているわ……)

そっと傷痕のひとつに口づけを落とし、身を起こそうとした。

すると、寝ているとばかり思っていたリアムが、ぎゅっとその胸にソフィアを強く閉じ込める。

「起きていたの？　リアム」

「はい。ずっと、あなたの肌のぬくもりを堪能していました」

惜しげもなくそんなことを言われ、ソフィアは顔を真っ赤にする。

「……もう起きないと。明日リルベに帰るための身支度をしなくてはいけないの」

「ですがソフィア様。今起きたら、俺にあなたのすべてが見えてしまいますよ」

リアムの言葉に、ソフィアは我に返って我が身を見下ろした。

朝方まで続いた情事後そのままに、一糸まとわぬ姿で横たわっていることなどすっかり忘れていた。

「きゃ……っ」

今さらのように恥じらうソフィアに、リアムは幸せそうに視線を這わす。

劇的な再会を果たしてからというもの、ソフィアが笑っている時も、眠気を感じている時も、恥じらっている時も、リアムはいつもこんな眼差しでソフィアを見てくる。

ソフィアのすべてが愛しくてたまらないというような熱視線を感じるたび、ソフィアもこれ以上ないほどの幸福に満たされた。

今立ち上がれば、リアムの言うように裸体が余すところなく露わになるだろう。ランプのわずかな明かりだけが頼りの夜間ならともかく、燦々と日の差し込む朝ではたしかに居心地が悪い。

ソフィアは、そのまま素直にリアムの体に身を預けるよりほかになかった。

「それでいい。急いで起きなくても、支度なら俺がやりますから」

リアムの満足げな台詞に、ソフィアは違和感を覚える。

「リアム、あのね。前から言いたかったんだけど……」

「なんでしょう?」

「あなたはこの国の王太子様なのだから、私に対して今まで通りにするのはもうやめて。言葉遣いも、身の回りのことも……。あなたが望んだから私は今まで通り接しているけれど、あなたも今までと変わらないのはどう考えてもおかしいわ」

この世界のどこに、自分よりも身分の低い婚約者に敬語で接し、自ら進んで帰省の手伝いをする王太子がいるだろうか? ふたりの馴れ合いが特殊だったのが原因とはいえ、いつまでもこのままの関係でいるわけにはいかない。

ソフィアの訴えを、リアムは男らしい微笑みで一蹴する。

「俺はこのままでいいんです。あなたは俺の婚約者なのでしょう? ならば、俺の言うことを聞いてください」

もはや、下手に出ているのか上手に出ているのかよく分からない。

「分かったわ……」

しぶしぶ頷くソフィアをリアムはまた愛しげに見つめると、唐突に触れるだけのキスをしてきた。

「そんな、かわいい顔をしないでください。今すぐにでも、またあなたを抱きたくなる」

くすぐるような吐息とともに耳もとで囁かれ、ソフィアは再び顔を赤らめる。王太子となったリアムと過ごす一日はこんなことばかりで、とてもではないが心臓が持たないと思った。

翌日。どうにかリアムに手伝わせずに支度を終えたソフィアは、彼とふたりきりでアンザム邸行きの馬車に乗り込んだ。城の者は大勢の従者を連れて行くことを求めたが、リアムがそれを拒んだからだ。あまり大仰にはせず、ゆっくりソフィアと過ごしたいらしい。

婚約者として早急に城に迎えられてから、ソフィアはまだ一度もアンザム邸に戻っていなかった。とはいえ婚約の準備のためにしばらく城に滞在すると手紙を送ったから、家族に状況は伝わっている。このたびの帰省は、アンザム卿に直々に結婚の許しをもらいたいというリアムたっての希望によるものだ。

ロイセン王宮に直接関わる者だけが着ることを許される、胸もとに獅子の紋章の縫いつけられた朱色の上着を身にまとうリアムは、惚れ惚れするほどに勇ましかった。王太子として、ゆくゆくはこの国の王として生きる覚悟を決めた今、その瞳には以前にも増して精悍さが漲っている。

揺れる馬車内でも、ふたりは互いの手を離そうとはしなかった。

もう会えないかもしれないと思っていたリアムと、仲睦まじく故郷に向かっている。それも、一生を添い遂げることを誓った婚約者として。

言葉では言い表せないほどの歓びを、ソフィアは噛みしめていた。

「リアムとの再会を、皆泣いて喜ぶでしょう。あなたとサイラスの失踪を聞いた時、塞ぎ込んでいたから。それに……」

「それに？」

リアムはこうして言葉を交わしている間も、ソフィアの蜂蜜色の髪に唇を寄せている。ソフィアと過ごすひとときの間も、無駄にはできないというように。

「ロイセン王国の真の王太子があなただったことが知れたら、きっと皆驚くわ」

アンザム家の驚いた面々を想像しただけで微笑が漏れる。ライアンとアニータが口をあんぐりと開けて瞠目《どうもく》する様が容易に想像できた。

ところがリアムは、気乗りしないふうに眉をしかめる。

「嘘をついていたようで、俺は分が悪いですけどね。一度は捨てた王太子の身分に、今でも未練はありません。ただ……」

ブルーの瞳が、艶っぽく揺らめいた。

「この国を、そしてあなたを守るために、取り戻したまでです。俺の心は今でも、あなたにどこまでも忠実なただの騎士にすぎません」

「リアム……」

これほどまでに揺るぎない愛を受けている令嬢が、この世に他にいるだろうか。リアムに対する深い愛情が、体の芯から込み上げる。

「私も、この世のなによりもあなたを愛しています」

「ソフィア様……」

互いの肌が、息遣いが恋しい。視線が絡まり合い、まるでひとつに溶け合うようにどちらからともなく唇を重ねた。


白馬を繋いだ小型の馬車が、アンザム邸の門をくぐり芝の生い茂る庭園を抜ければ、ルネサンス式の大邸宅の前にはアンザム家の人々が既に集っていた。

「ソフィア、私の自慢の娘」

ソフィアが馬車から姿を現すなり、マリアは彼女を激しく抱きしめる。

「久しぶりだな。ソフィアがこの国の王太子妃になるだなんて、いまだに信じられないよ」

マリアの背後にいたのは、兄のライアンだ。以前よりも大分顔色の良い父のアンザム卿も、「お帰り、ソフィア」ときつくソフィアと抱擁を交わす。

「ああ、ソフィア様。おめでとうございます〜」と、アニータに至っては人目も憚らずに泣きじゃくっていた。

「王太子様は、この中にいらっしゃるの？　お城からのお手紙には、王太子様自ら結婚のご挨拶にお見えになると書かれていましたが……」

目もとの涙をぬぐいながら、マリアが開け放たれた馬車の扉の向こうに目を向ける。

その声を合図にしたかのように、中からリアムが姿を現した。猛々しい鳶色の髪が、リルベの風にさらされるのはいつぶりだろう。

アンザム卿にマリア、ライアンにアニータ。皆が、時が止まったかのように目を見開いてリアムを見ていた。

「リアム、生きていたのか……！」

やがて驚きで喉を詰まらせながら叫んだのは、アンザム卿だった。がしっときつくリアムの肩を抱き、「本当によかった……」とかすれた声を出す。

「リアム、まあ、無事でしたの……!?」

リアムをよく思っていないはずのマリアも、涙をすすり涙を浮かべている。

「お前、どこにいたんだよ！　心配したんだぞ！　サイラスも無事なのか？」

歓びで声を震わせるライアンに、「無事でございます」とリアムは微笑を返した。

十一歳からこの地で育ったリアムは、いわば家族同然だ。リアムを囲んで歓喜に沸くアンザム家の人々を前に、ソフィアはそのことを思い知る。

そのリアムこそがこの国の王太子であり、ソフィアの婚約者だと知ったら、皆はどれほど驚くだろう。そう考えた矢先……。

「……ところで、ご挨拶に来られた王太子様はどこにいらっしゃいますの？」

リアムとの再会に充分涙を流したあとで、空っぽの馬車を覗き込みながらアニータが困惑気味の声をあげた。

「そういえば、いらっしゃらないな。まさか馬車下にへばりついているわけでもないだろうに」

冗談なのか本気なのか、ライアンが身を屈めて車輪の間を覗き込む。

するとアンザム卿が、リアムの朱色の軍服に目をつけた。

「ところで、リアムはどうして王宮騎士団の団服を着ているんだ？」

視線をさまよわせたあと、リアムが口を開く。

「戦争の最中、城の騎士団と行動をともにしましたので……」

「なるほど、それでソフィアとともにロイセン城から戻ってきたんだな。戦争後は、しばらくあちらの騎士団と過ごしていたわけか」

ライアンの勝手な解釈に納得している彼らは、リアムこそが王太子その人であるなど夢にも思っていないようだ。

「ねえ、王太子様は本当にどうされたの？」

いよいよマリアが不安そうな声をあげる。

ソフィアは一歩前に出て、リアムの正体を明かす決意をした。ところが。

「……所用があるので、あとから来られます」

ソフィアが口を開くのを遮るようにして、リアムがそんなことを言い出した。

え？とソフィアが困惑の目線を向けても、リアムは平然と前を向いている。

「なるほど。王太子様ともなれば、いろいろとお忙しいもんな」

ライアンの声に、皆が次々と頷いた。

「それでは、明日の婚約披露の夜会にてお会いするのを楽しみにしていよう。とりあえずは、ふたりとも邸に入りなさい。長旅で疲れただろう」

結局リアムの正体を明かせないまま、アンザム卿の声に促されるように、ふたりは邸へと導かれてしまった。


数刻後。紅茶と茶菓子を出されたのち、応接室でふたりきりになった頃合を見計らってソフィアはリアムに尋ねた。

「どうして、あんなことを言ったの？　王太子様があとから来られるだなんて……」

ティーカップに口をつけてから、リアムは気まずそうに口を開く。

「俺はこの邸で、長い間騎士として過ごしてきました。だから王太子だと名乗りを上げることで、皆の俺を見る目が変わることに抵抗があったのです」

あのあと、御者にまでリアムは自分の本当の身分を明かすことを口止めした。それほどまでに、皆に本当のことを知られたくないのだろう。

「でも、いつまでも秘密にしておくわけにはいかないわ。真実を告げない限り、私たちの関係だって認めてもらえないわけなのだから」

「分かっています」

地位や名誉などを求めていないこの男にとって、王太子という立場はきまりが悪いのだろう。リアムはこの国を勝利に導き、ソフィアとの未来をたしかなものにするためだけに、王太子の地位を取り戻す決意をしたのだから。

「お許しください、ソフィア様。明日中には必ず告げますから」

表情を曇らせるリアムに、ソフィアは小さく微笑んだ。

〝冷酷な騎士団長〟と畏怖され、戦地で勇猛に戦いに挑んできた男が、こんな他愛のないことで怯む様は妙に乙女心をくすぐる。

「約束よ」

ソフィアが右手を伸ばせば、リアムは黙ってその手を取った。そしてかつて幾度もそうしたように、手の甲の傷痕に唇を寄せるのだった。


翌日。月夜に夏の風が吹き抜ける夕べ、アンザム邸のホールではソフィアの婚約披露の夜会が催された。

テーブルの上では料理人が腕をふるった料理が香ばしい煙をたて、ホールいっぱいにヴァイオリンやフルートの音が軽やかに響いている。えんじ色の絨毯の敷き詰められた床の上では、客人たちが思い思いダンスに興じていた。

今宵の主賓であるソフィアは椅子に腰かけ、人々の楽しむ様子を眺めていた。

そんな彼女がしっとりと着こなしているのは、リルベの湖の輝きを彷彿とさせる、黄金色の刺繍の装飾されたアイボリーのドレスだった。リアムがソフィアのために、リエーヌ一腕利きの仕立て屋に頼んであつらえさせたものだ。流行りのパフスリーブに品の良いエンパイアラインのスカートは、ソフィアの持ち前の奥ゆかしさを絶妙に際立たせている。

「ソフィア、王太子様はまだいらっしゃらないの？」

ソフィアの隣では、マリアがしびれをきらしていた。

「こんなにご到着が遅れるだなんて。まさか、このたびの婚約を解消したいと暗におっしゃっているのでは……」

「ご心配なさらないで、お母様。そのうちいらっしゃるわ」

時間が経つにつれ顔面蒼白になるマリアをなだめるのも、そろそろ限界だ。

朱色の軍服姿でホールの隅に立ち尽くすリアムに目を向けると、リアムは思案に暮れる表情を浮かべていた。言い出すタイミングを、完全に逃してしまったようだ。

ここまでうろたえるリアムも珍しい。だがソフィアには、リアムが必ず約束を守ってくれることが分かっていた。幼い頃から、一度だってリアムはソフィアを裏切ったことがないからだ。些細な待ち合わせの時間から、戦地から生きて帰還するという命を懸けた約束まで、すべてを守り抜いてくれた。

「ところで、王太子様はどちらにおられるのかしら？　ソフィア様は、生まれてからずっと身を隠されていたという王太子様と婚約をされたのでしょう？」

「もしかして嘘なのでは？　そもそもその王太子様のお姿は、お城のごく一部の方しかまだ見たことがないというじゃないの。怪しいわ」

ソフィアの婚約披露の夜会なのに、その相手がいつまで経っても現れないため、次第に不穏な空気が広がっていく。

これにはさすがのリアムもいたたまれなくなったようで、決意を固めた顔でソフィアの方へと歩んでくる姿が視界に入った。

（ようやくだわ）

だがソフィアがホッと胸を撫で下ろしたのも束の間、リアムが数人の令嬢に取り囲まれてしまう。彼の類稀なる優れた容姿は、やはりどんな時でも年頃の令嬢たちの興味の的だった。

「ソフィア様、退屈しておられるようですね。よろしければ、私のダンスのお相手をしてはくださいませんでしょうか？」

ソフィアが軽い嫉妬心に駆られていると、彼女へと手を差し伸べてくる者がいた。東にある『ミュラン王国』からこたびの夜会のためにはるばる赴いて来た、モーズリー侯爵だ。ピンと張った口ひげに狐《きつね》のように吊り上がった目尻がいけ好かない五十歳過ぎのこの男は、噂によると自らの娘をロイセン王国の次期後継者に輿入れさせようとあれこれ画策していたらしい。だがソフィアによってその努力がすべて水の泡に変えられたため、気分を害していると聞いた。

まるで敵状視察とばかりにこの夜会に姿を見せているのが気味悪く、ソフィアは困惑した。だがモーズリー侯爵はミュラン王国の重臣。この先ロイセン王国の王太子妃になる身としては、無下に断るわけにはいかない。

「……喜んで、お受けいたします」

気乗りしないままに、ソフィアは立ち上がった。モーズリー侯爵と向かい合い、ワルツの調べに乗ってステップを踏む。

「お上手ですな。さすが、噂のソフィア嬢だ」

決してうまいとは言いがたい足さばきで、ニヤニヤと嫌な笑みを浮かべるモーズリー侯爵。

「なるほどね。見目麗しく、ダンスもうまいとあっては、王太子様が放っておかないのも当然だ」

　こうもお世辞を立て続けに並べられると、逆に不快だ。

「……ありがとうございます」

　早く音楽が終わることをしきりに願いながら、ソフィアは耐えて踊り続けた。ところが、気を許した隙にぐいっと耳もとに囁きかけられる。

「ところで、婚約相手の王太子様はどこにいらっしゃるのです？」

　目の前で不気味に輝く彼の瞳を、ソフィアは静かに見つめ返した。

「じきに、いらっしゃいます」

「だが、夜会も終盤だ。さすがの客人たちも怪しんでいますよ。そろそろ白状したらどうです？　この国の王太子との婚約など虚言だと」

「……なんですって」

　ソフィアが語気を強めても、モーズリー侯爵は怯む様子がない。

「そもそも、このたびのご婚約は不可解なことばかりだ。第一に、相手が今まで姿をひた隠しにされていた、ロイセン王国の真の王太子だというところが引っかかる。ロイセン城では四歳になられるノエル王子のお姿以外に、王子らしき方を見たという話を私は聞いたことがない。その王太子は、本当に実在するのですか？」

いつの間にか辺りのざわめきが途絶え、皆がモーズリー侯爵の声に聞き耳をたてていた。誰しもが、モーズリー侯爵と同じような疑念を抱いているのだろう。

「それから、お相手のあなたについても疑問だ。あなたは、かのカダール王国のニール王太子に婚約破棄された令嬢だ。そんないわくつきの令嬢を、ロイセン王国の王太子ともあろうお方が、お相手に選ぶとは信じがたい」

ソフィアは唇を強く引き結んだ。「そうよね、モーズリー侯爵のおっしゃる通りだわ」という観衆のヒソヒソ声が、耳に刺さる。

「言い返せないご様子ですね。そろそろ認められたらどうです？　自分の名声を上げるために見栄を張ったと。カダール王国の王太子に婚約破棄された汚れた分際で、ふてぶてしい女だ」

ついにモーズリー侯爵はダンスの足を止め、蔑みの目でソフィアを見下した。

それに倣うように辺りの貴族たちもダンスを中断して、睨み合うふたりの動向を見守る。演奏隊の奏でる音楽だけが、周囲に虚しく響き渡っていた。

侮蔑され、ソフィアは窮地に追い込まれていた。王太子との婚約に偽りはないが、周りから自分がどのように見られていたかを思い知り弱気になる。

（泣いては駄目だわ……）

歯を食いしばり必死に状況をやり過ごそうとした時、視界が遮られる。ソフィアの目の前を一瞬にして覆ったのは、冴え冴えとした朱色の軍服の背中だった。

モーズリー侯爵からソフィアを庇うようにして、リアムが立ちふさがったのだ。

「なんだ君は。ダンス中に無礼だな、すぐに立ち去れ」

モーズリー侯爵が凄んだ声を出す。だがリアムは、立ち去るどころか腰に差した剣の柄に手をかけ、モーズリー侯爵を威嚇した。

「立ち去るのはお前だ。今すぐに故郷《くに》に戻り、二度と彼女の前に姿を現すな」

リアムの威圧感溢れる物言いに、ホール内がしいんと静まり返る。

モーズリー侯爵は、怒りのあまり口ひげをわなわなと震わせると、視線で射殺さんばかりにリアムを睨み上げた。

「目上の人間に対する礼儀も知らんとは……！　名を名乗れ！」

するとリアムはブルーの瞳にぞっとするほどの冷酷な色を浮かべ、冷え冷えとした声音でこう言い放った。

「リアム・エリオン・アルバーン。彼女の婚約者だ」

リアムの堂々たる口調が、ソフィアの胸を震わせる。瞳に、ぶわっと涙が滲んだ。

ホール内には、驚きの声と眼差しが行き交っていた。

「どういうこと？　彼は騎士団長のリアム様でしょ？　どうして王家の姓を名乗っていらっしゃるの？」

「ソフィア様の婚約者ということは……まさかリアム様がロイセン王国の真の王太子様だとでもいうの？」

困惑の声は、いつまでも絶える気配がない。

すると、眉間にシワを寄せてリアムを見ていたモーズリー侯爵が、突如ヒイヒイと下品な笑い声を響かせた。おかしくてたまらないというように、腹を抱え目尻に涙を浮かべている。

「先の戦争で戦地に赴き、おかしくなったのか？　卑しい身分で真の王太子を名乗るなど、おこがましいにもほどがある。ロイセン王に進言して、即刻お前に処罰をくだしてもらうからな！」

「好きにしろ」

モーズリー侯爵の叱責は、かつて〝冷酷な騎士団長〟と謳《うた》われたこの青年にはなんの効き目ももたらさなかった。リアムはおののくどころかスラリと剣を抜き、モーズリー侯爵の鼻先に突きつける。

さすがのこの行為には、モーズリー侯爵も真っ青になった。

「な、なんたることを……！」

「俺のことはどんなに侮辱してもいい。だが、彼女を侮辱することだけは許せない。今すぐに床に手をつき、彼女に謝れ。さもなくば俺は、迷いなくお前の首をはねるだろう」

刃物のように鋭い声が、楽隊の演奏が終わりすっかり音をなくしたホール内に響き渡った。誰もが、リアムの放つ底知れない威圧感に圧倒されていた。こんな状況下でも、モーズリー侯爵を助けようとする者がひとりも現れないほどに。

「ぐ……っ」とモーズリー侯爵は歯を食いしばる。怒気に溢れたリアムの眼光を浴びて、額から汗が滴るほどに追い込まれていた。

「す、すまなかった……」

やがてモーズリー侯爵は床に手をつき、ソフィアに向けて弱々しい声を吐いた。

予想外の展開に、ホール内がどよめく。

すると、まるでこの時を待っていたかのようにホールの入り口から数人の人影が現れた。

人々は言葉を失い、特別なオーラを放ちながらホールを行く一行をポカンと見つめる。そして、しばらくのちにわっと歓声をあげた。

あろうことか、リアムと同じ朱色の軍服に身を包んだロイセン王と、青紫色のドレスを着た王妃が、数人の護衛を引きつれ姿を現したのだ。

国王と王妃はざわめく人込みの中を、アンザム卿とマリアのもとへまっすぐに歩み足を止めた。

「あなた方には、重ね重ね礼を述べたいと思っていた。長い間私たちの息子をそばに置いてくれたことに、心より感謝しておる」

穏やかな口調で、ふたりに向かって頭を垂れるロイセン王。その隣では、王妃も深々と腰を折っている。

現国王が現れただけでも特異なことなのに、あろうことか頭を下げられたことで、アンザム卿もマリアも目に見えて狼狽《ろうばい》していた。やがてどうにか気を保ったアンザム卿が「どうか、頭をお上げください……！」と懇願するように国王と王妃を促す。

「もしや、彼の言っていたことは真実なのですか？　リアムが……いいや、リアム様こそが、ロイセン王国の真の王太子様なのですね？」

アンザム卿の問いに、国王が「いかにも」と微笑みを返す。

「深い理由があってな、彼には苦労をかけた。だがその分、よい後継者になると信じておる。いずれはそなたの娘とともに力を合わせ、この国を末永く平和に導く優れた君主となるだろう」

　事の成り行きをようやく呑み込んだ客人たちが、じわじわと歓喜に満ちた声をあげる。この場にいる誰もが、数奇な運命に翻弄された王太子とその婚約者を祝福していた。

　驚きのあまりマリアが卒倒しかけ、その背中を慌ててアンザム卿が支える。立場を失ったモーズリー侯爵は逃げるようにホールから立ち去り、中心にはソフィアとリアムだけが残された。

　人々の歓喜に応えるように、間もなくしてホールいっぱいに明るい音楽が鳴り響いた。お祝いムードそのままに人々がこぞってダンスをはじめる中、ソフィアは潤んだ瞳でリアムを見上げる。

「やっと告白してくれたのね」

「遅くなり、申し訳ございませんでした」

　ソフィアを傷つけた罪悪感からか苦しげに顔を歪めると、リアムは人目も憚らずソフィアを抱きしめた。

　ソフィアも、そっとその逞しい背中を抱き返す。

しばらくして体を離したリアムは、脇にいるアンザム卿に顔を向けた。それから「しばらくお待ちください」とソフィアに静かに告げると、ゆっくりと歩み出す。

ようやく気を保ったマリアと彼女を支えているアンザム卿の足もとに、リアムは迷わず片膝をついた。

「お願いがございます。どうか、私にソフィア様との結婚をお許しください」

気品あふれる立ち居振る舞いと真摯な眼差しは、彼の強い覚悟を物語っていた。アンザム卿とマリアは顔を見合わすと、互いに感極まった表情になる。

「……もちろんでございます。どうか我が娘を、よろしくお願いいたします」

アンザム卿が穏やかに答えれば、隣でマリアも涙ながらに優しい笑みを浮かべた。

リアムは王太子らしい精悍な面持ちでソフィアのもとへと戻ると、今度は彼女に向けてうやうやしく手を差し伸べる。

「ソフィア様。どうか、俺と踊ってくださいませんか」

「……喜んで」

ソフィアはシルクの手袋を外し、差し出されたリアムの手に直に右手を乗せた。

リアムはふたりの絆の証である傷痕に唇を寄せると、ソフィアの体を自分の胸に引き寄せる。

メヌエットの調べに乗って、永久の愛を誓い合った恋人たちが踊り出す。

椅子に腰かけた国王と王妃が、そんなふたりをにこやかに見つめていた。アンザム卿もマリアも、これ以上ないほど幸福に満ちた表情でふたりを見守っている。

「リアム、ダンスが上手だったのね。知らなかったわ」

主従関係だった頃は、ともにダンスをすることなど夢のまた夢だった。それが今は、こうやってリアムの胸の中で心音を感じることができる。彼の足の動きに合わせて、ステップを踏むことができる。そして時折、愛しくてたまらない気持ちそのままに、視線を絡め合うことができる。

「ダンスは、子供の頃にひととおり教わりましたので。それからあなたが踊る姿をいつも必死に目で追っているうちに、いつの間にかうまくなったようですね」

ブルーの瞳を細めて、リアムが笑う。右手から伝わる彼の手のぬくもりが、愛しさのあまり溶けそうだ。もうひとりでは生きてはいけない、とソフィアは思う。目の前のかつて騎士だった男も、きっと同じ気持ちだろう。

私たちは、この先もずっとふたりでひとつだ。

この世で一番の幸福を味わいながら、ふたりは繰り返しダンスに興じた。

ひとしきりダンスを楽しんだあと、リアムはソフィアの手を引いてアンザム邸の中庭へと誘った。芝の生い茂る中庭の噴水前に腰を降ろし、遠く聞こえるホールからの音楽に耳をすます。

初夏の風が月光に照らされた芝を揺らし、湿った湖の香りをふたりのもとへと運んだ。

しばらくふたりは身を寄せ合い、幼い頃からともに過ごしてきたリルべの風を感じていた。

「この家とも、もうお別れね」

しみじみとソフィアが語れば、リアムがちらりとソフィアを見る。

「城での生活は、不安ですか？」

「まさか。あなたがいるなら、私はどこでも幸せよ」

蜂蜜色の髪をなびかせながら、柔らかく微笑むソフィア。

例え異国の城でも、牢獄でも、地獄でも、リアムの行くところならばどこまでもついて行く。そんな覚悟を瞳に滲ませ、ソフィアはまっすぐにリアムを見つめた。

ソフィアの決意に応えるようにリアムは彼女の髪を優しく撫でると、頬の輪郭に指を滑らせ顎先をそっと持ち上げた。すぐに落ちてくる、短くも深い口づけ。

とろけそうなキスにしばらく溺れたあとで、リアムはソフィアを優しく抱きしめる。

「……どうしても変わらないのね」

リアムの胸にもたれながら、ソフィアは小さく笑った。

「なにがですか？」

「そのしゃべり方。王太子様であるあなたが私にそんな話し方をするのは、やっぱりおかしいわ」

こう言っても、リアムはおそらく口調を変えないだろう。

（でも、それでもいいわ）

ソフィアは、考えを改めることにした。何十年とともに過ごす日々の中で、少しずつリアムの口調の変化に気づくのも悪くない。

愛に溢れた未来を想像して勝手に微笑んでいるソフィアを、リアムは色っぽい眼差しで見つめていた。

やがてなにを思ったか、リアムはソフィアの背中から腰にかけてを弄ぶように撫でると。

「今夜は、何度でもあなたが欲しい。今夜だけじゃない。この先も、毎日ずっと」

ぞくぞくするような王太子口調で、耳に囁きかけてきた。

途端に火がついたように真っ赤になるソフィアを、面白そうに眺めるリアム。
ろくに寝かしてもらえないであろう新婚生活の予感に、ソフィアの胸に喜びと戸惑いが同時に押し寄せてきたのだった。

END

あとがき

はじめまして、朧月あきです。

このたびは、この本を読んでくださったことを心から感謝いたします。

ありがたいことに別名義でも数冊本を出させていただいているのですが、こういった濃厚な恋愛ものを書いたのは久しぶりで、執筆中はかなりドキドキしました。照れ笑いを浮かべながら夜中にパソコンに向かう姿は、はた目から見れば怖かったと思います。誰にも見られてなくて良かったです。

このお話にはリアムとニールというふたりの主立った男性が出てきましたが、皆さんはどちら派でしたか？　もしかすると、ニール派もけっこういらっしゃるのではないでしょうか。書いた自分で言うのもなんですが、彼はいい男ですよね。いい男だからこそ、気の毒なポジションが様になっていたように思います。

ニールはつらい経験を乗り越えたことで男っぷりに磨きがかかり、国民に慕われる君主としてこの先充実した人生を歩むことでしょう。心の奥底で、密かにソフィアを思い続けながら……。そうであってほしいですよね。

本作には姉妹作品がありまして、作中に幾度も出てきた獅子王の物語を主軸としたお話になります。恋愛物語がベースですがサクセスストーリーも混ざっており、また違った読後感が味わえると思います。本作は改稿しましたので内容が食い違う部分もありますが、興味がございましたらぜひお読みになってください。「ベリーズカフェ　朧月あき」で検索したらおそらく出てきますので、いつでもどうぞ！

最後になりましたが、担当の丸井様をはじめとした編集部の皆さま、素敵なイラストを描いてくださったDUO BRAND.さま、この本の製作・販売に関わってくださったすべての関係者さまにお礼を申し上げます。

そして、星の数ほどある本の中からこの本を選んでくださった読者さま。皆さまのおかげで、この先も私は頑張っていけます。

いつかまた、お目にかかれる機会がございますように。

朧月《おぼろづき》あき

朧月あき先生への
ファンレターのあて先

〒104-0031
東京都中央区京橋1-3-1
八重洲口大栄ビル7F
スターツ出版株式会社　書籍編集部　気付

朧月あき先生

本書へのご意見をお聞かせください

お買い上げいただき、ありがとうございます。
今後の編集の参考にさせていただきますので、
アンケートにお答えいただければ幸いです。

下記URLまたはQRコードから
アンケートページへお入りください。
http://www.berrys-cafe.jp/static/etc/bb

冷酷な騎士団長が手放してくれません

2018年11月10日　初版第1刷発行

著　　者　朧月あき
©Aki Oboroduki 2018

発 行 人　松島 滋

デザイン　hive & co.,ltd.

校　　正　株式会社　文字工房燦光

編集協力　ヨダヒロコ（六識）

編　　集　丸井真理子

発 行 所　スターツ出版株式会社
〒104-0031
東京都中央区京橋1-3-1　八重洲口大栄ビル7F
TEL　販売部　03-6202-0386（ご注文等に関するお問い合わせ）
URL　http://starts-pub.jp/

印 刷 所　大日本印刷株式会社

Printed in Japan

乱丁・落丁などの不良品はお取替えいたします。
上記販売部までお問い合わせください。
定価はカバーに記載されています。

ISBN 978-4-8137-0567-3　C0193

ベリーズ文庫 2018年11月発売

『冷徹社長は溺あま旦那様 ママになっても丸ごと愛されています』 西《にし》ナナヲ・著

早織は未婚のシングルマザー。二歳になる娘とふたりで慎ましく暮らしていたけれど…。「俺と結婚して」——。かつての恋人、了が三年ぶりに姿を現してプロポーズ！ 大企業の御曹司である彼は、ずっと早織を想い続けていたのだ。一度は突っぱねる早織だったが、次第にとろとろに愛される喜びを知って…!?

ISBN 978-4-8137-0561-1／定価：本体630円＋税

『ご縁婚～クールな旦那さまに愛されてます～』 葉月《はづき》りゅう・著

恋愛未経験の初音は経営難の家業を救うため、五つ星ホテルの若き総支配人・朝羽との縁談を受けることに。同棲が始まると、彼はクールだけど、ウブな初音のペースに合わせて優しく手を繋いだり、そっと添い寝をしたり。でもあるとき「あなたを求めたくなった。遠慮はしない」と色気全開で迫ってきて…!?

ISBN 978-4-8137-0564-2／定価：本体640円＋税

『エリート外科医と過保護な蜜月ライフ』 花《か》音《のん》莉《り》亜《あ》・著

事故で怪我をし入院した久美。大病院の御曹司であるイケメン外科医・堂浦が主治医となり、彼の優しさに心惹かれていく。だけど彼は住む世界が違う人…そう言い聞かせていたのに、退院後、「俺には君が必要なんだ」とまさかの求愛！ 身分差に悩みながらも、彼からの独占愛に抑えていた恋心が溢れ出し…!?

ISBN 978-4-8137-0563-5／定価：本体630円＋税

『【溺愛注意！】御曹司様はツンデレ秘書とイチャイチャしたい』 きたみまゆ・著

大手食品会社の専務・誠人の秘書である詩乃は無愛想で、感情を人に伝えるのが苦手。ある日、飼い猫のハチが亡くなり憔悴しきっていると、彼女を見かねた誠人が自分の家に泊まらせる。すると翌日、詩乃に猫耳と尻尾が!? 「ちょうどペットがほしかったんだよね」——専務に猫かわいがりされる日々が始まって…。

ISBN 978-4-8137-0562-8／定価：本体650円＋税

『独占欲強めな社長と政略結婚したら、トキメキ多めで困ってます』 藍川《あいかわ》せりか・著

兄が経営するドレスサロンで働く沙織に、大手ブライダル会社の社長・智也から政略結婚の申し出が。業績を立て直すため結婚を決意し、彼の顔も知らずに新居に行くと…モデルさながらのイケメンが！ 彼は「新妻らしく毎日俺にキスするように」と条件を出してきて、朝から晩までキス＆ハグの嵐で…!?

ISBN 978-4-8137-0565-9／定価：本体630円＋税

タイトル、価格等は変更になることがございますのでご了承ください。

ベリーズ文庫 2018年11月発売

『しあわせ食堂の異世界ご飯2』 ぷにちゃん・著

料理が得意な平凡女子が、突然王女・アリアに転生!? ひょんなことからお料理スキルを生かし、崖っぷちの『しあわせ食堂』のシェフとして働くことに。アリアの作る絶品料理は冷酷な皇帝・リントの胃袋を掴み、彼の花嫁候補に!? 幸せいっぱいのアリアだったが、強国の王女からお茶会の誘いが届いて…!?

ISBN 978-4-8137-0568-0／定価：本体620円＋税

『皇帝陛下の花嫁公募』 水島《みずしま》 忍《しのぶ》・著

没落貴族令嬢のリゼットは、皇帝陛下・アンドレアスの皇妃となって家計を助けるべく、花嫁試験に立候補する。ある日町で不埒な男に絡まれ、助けてくれた傭兵にキスされ、2人は恋に落ちる。実は彼は身をやつしたアンドレアス本人！ そうと知らないリゼットは、彼のアドバイスのお陰で皇妃試験をパスするが…。

ISBN 978-4-8137-0566-6／定価：本体650円＋税

『冷酷な騎士団長が手放してくれません』 朧月《おぼろづき》あき・著

辺境伯令嬢のソフィアは正義感がある女の子。子供のころから守ってくれている騎士団長のリアムは同士のような存在だった。年頃になったソフィアは政略結婚させられ、他国の王子の元に嫁ぐことに。護衛のためについてきたリアムに「俺が守る」と抱きしめられ、ドキドキが止まらなくなってしまい…。

ISBN 978-4-8137-0567-3／定価：本体640円＋税

小説サイト
Berry's Cafeの人気作品がボイスドラマ化！
豪華声優陣が出演!!
溺愛ボイスドラマ×ベリーズ男子
俺様すぎる強引社長
CV:増田俊樹
『キミは許婚』
by 春奈真実
とことん溺甘！グイグイ秘書室室長
CV:梅原裕一郎
『秘書室室長がグイグイ迫ってきます！』by 佐倉伊織
隠れドS!?溺愛系御曹司
CV:石川界人
『副社長は溺愛御曹司』
by 西ナナヲ
1話はすべて完全無料！
App Store からダウンロード
Google Play で手に入れよう
アプリストアまたはウェブブラウザで
ベリーズ男子 検索
【全話購入特典】
・特別ボイスドラマ
・ベリーズカフェで読める書き下ろしアフターストーリー
最新情報は公式サイトをチェック！
※AppleおよびAppleロゴは米国その他の国で登録されたApple Inc.の商標です。App StoreはApple Inc.のサービスマークです。※Google PlayおよびGoogle Playロゴは、Google LLCの商標です。